U0803403

中医小说普及系列

拍案叫绝

中医普及学堂

曾培杰 汪雪美 著

中国科学技术出版社
·北 京·

图书在版编目（CIP）数据

拍案叫绝 / 曾培杰，汪雪美著 . — 北京 : 中国科学技术出版社，2018.1
(2022.6 重印)
（中医小说普及系列）
ISBN 978-7-5046-7661-0

Ⅰ . ①拍… Ⅱ . ①曾… ②汪… Ⅲ . ①医案－汇编－中国－现代②医话－汇编－中国－现代 Ⅳ . ① R249.7

中国版本图书馆 CIP 数据核字 (2017) 第 218246 号

策划编辑　焦健姿
责任编辑　焦健姿　王久红
装帧设计　杨　桃
责任校对　龚丽霞
责任印制　徐　飞

出　　版　中国科学技术出版社
发　　行　中国科学技术出版社有限公司发行部
地　　址　北京市海淀区中关村南大街 16 号
邮　　编　100081
发行电话　010-62173865
传　　真　010-62179148
网　　址　http://www.cspbooks.com.cn

开　　本　850mm × 1168mm　1/32
字　　数　150 千字
印　　张　7.5
版　　次　2018 年 1 月第 1 版
印　　次　2022 年 6 月第 3 次印刷
印　　刷　天津翔远印刷有限公司
书　　号　ISBN 978-7-5046-7661-0 / R・2127
定　　价　25.00 元

（凡购买本社图书，如有缺页、倒页、脱页者，本社发行部负责调换）

内容提要

本书为中医小说普及系列丛书之一，作者精选在五经富镇乡村巡回义诊期间的千余案例，介绍了诸多常见病、多发病及疑难病的治疗经验，所涉及案例来源真实，讲述方式轻松风趣。作者善用经方四逆散加减，发挥了“简、便、廉、验”的治疗效果，为当地民众所称道，亲历者无不“拍案叫绝”，遂成此书。希望读者通过快意阅读，开心学医。相较于传统中医医案类书籍，本书的适读性和文学性更优，适合广大中医爱好者阅读和参考，中医院校学生亦可通过本书的内容加深对理论学习的理解和掌握。

缘起

此书乃我在五经富镇乡村巡回义诊的患者千例之作，也是灵活运用四逆散理气法，缓解和治愈常见病、多发病、疑难病的心得之言。

我发现在历代古籍名著里单讲一个汤方，灵活妙用者却少之又少。

我能灵活妙用四逆散，是给临床学子的一个表法，常规的汤方悟透、运用好，常常有非凡的效果。

历史上不乏三板斧成为高手，一招鲜吃遍天的人物。

我总结自己在临床中的一些成就，主要归功于大学期间从不放松对中医基础学的研修，长时间徜徉在图书馆的古籍世界中。

我在湖北武当山下的十堰市任之堂余老师处，跟诊两年期间，一门深入，有幸接受过很多高手过招的现场指导。

读名籍，拜名师，阅名案，一直都被我视为中医成就的登天梯，渡海舟的不二法门。

但我现在巡回义诊后，却认为这样还不够，因为具备这三大条件的人，如过江之鲫，但成就者却如凤毛麟角。

一个医者如果不具备救死扶伤的仁心，不管名闻利养的出离心，那他穷极一生，都难以登峰造极，难以展现中医真正的生命力，难以释放这门千古绝学最耀眼的光芒。

大家别小看义诊的力量，平常一样窗前月，才有梅花便不同。

这个不计个人一时得失的义字，便是窗前梅花。

我以普通的资质，两手空空，却常在一个多小时内诊治近百患者，而且疗效满意。

连我回忆时都觉得不可思议，跟诊的几个学生，小镇药房的药工们，都惊讶地叹道，收录医案，就像收割稻谷那样容易并充满法喜。

如此便宜普通的药，怎么有令老百姓啧啧称叹的效果？

所以我便将此书命名为《拍案叫绝》。

得民心者，得天下，你若秉大义而行，也可无往而不利，所过者化，让中医人扬眉吐气。

目录

贰

1. 头痛

有人说，中医是慢郎中。

那是因为他们不了解中医。

我义诊这段时间，走村串寨，几乎天天都有惊奇、惊喜之事发生。

何阿婆，她一坐下来，我诊她脉象弦硬，说道，你的头部不舒服，颈部有压迫。

阿婆连连点头，说，我就冲着这病来。

我叫学生开了四逆散加颈三药。

柴胡 5 克，白芍 10 克，枳壳 10 克，炙甘草 5 克，葛根 15 克，丹参 10 克，川芎 5 克。3 剂。

很明显，老人家是因颈部压迫导致的头痛。

凡人体有六大金三角。

颈部的金三角，其重要性位居第一。

这里是大量神经、血管的必经之路。

唯独有三怕：一怕凉，二怕不动，三怕劳累。

而颈三药专门对治头颈受凉、气血不旺的各种问题，比如颈酸、头晕、头痛。

半个月后，我漫步在村寨小道。

老人家见到我，提出一袋鸡蛋，说什么都要送给我。

她笑得像一朵花，说，3 剂药不用 10 块钱，吃完后，颈不酸，头不痛，很舒服。

可见对准靶心，子弹不需多。

对准病症，方药也不需多。

2.
颈椎病

有人说，中医只是调理。

我说，那是他从未见过真正的中医临诊。

面对各种常见病、疑难杂症，当你精通气血辨证后，治起病来如同探囊取物，手到擒来。

深圳一位修手机的小伙子，长期低头工作，他慕名前来。

我一切他的脉，不用五秒钟，便说，你的颈部经脉拥堵得像铁索一样，要小心颈椎病。

小伙子脸上露出了惊讶之色，说，果然诊得很准，我奶奶一定要叫我回来看中医，其实我都不太相信中医。

我笑着说，其实你只要相信你奶奶就好了。

随后，我叫学生给他开了四逆散合颈三药。

柴胡5克，白芍20克，枳壳10克，炙甘草5克，葛根25克，丹参20克，川芎5克。7剂。

并且教他颈部米字操，叮嘱他必须早睡。

差不多一个月后，小伙子托他奶奶告诉我，准备送我一部手机，问要什么型号。

他连续吃了14剂药，花了不到100元，一年多的颈酸便好了。

可见用最普通的中药，往往可以扭转艰难的疾病局面，而且花的时间不长，可谓会者不难。

3.
后脑勺棍棒伤

有人说，老顽病要伴随一生。

我笑着说，《黄帝内经》不这样认为，它说，言不可治者，未得其术也。

俗话说，上寨打锣鼓，下寨听清楚。

我在五经富巡回义诊，想不到隔壁县城的人都慕名而来。

邹氏老阿婆，眉头紧皱，不远千远路来到诊室，希望能沾点名医的手气。

我微笑，一切脉便说，脉弦中带紧，不够流利，心脑血管不是很通畅，是不是头部常不舒服。

她面露惊讶说，正是冲着后脑勺痛来的，以前被木棍敲伤，逢刮风下雨常痛得难以言喻。医生说老毛病没救了，我不死心。

我叫学生开了四逆散合颈三药。

柴胡 5 克，白芍 15 克，枳壳 5 克，炙甘草 5 克，葛根 20 克，丹参 20 克，川芎 20 克。5 剂。

重用头颈三药，可以迅速突破血脑屏障，加强头脑气血对流。

过了半个月，老人家带来她十几个亲戚，提来礼物，开心地感谢，得遇名中医，使我头部顽疾得治，现在不能说全好，但也有七八成。

可见，面对顽疾，我们根本不用怕。

中医老祖宗留下的经验和智慧，足以帮我们打破顽疾局面，获取健康硕果。

4.
偏头痛

有人说，中医很神秘，是玄学，常常不明不白帮人治好病。

我笑着说，对不了解的人来说，它是玄学。对了解的人来说，它却简单普通。

水库有个偏头痛的患者，每当心情不好时，头痛得难以忍受，不得不吃止痛片。

他坐在诊台时，我切完脉讲道，你的颈部有压迫，脑部供血不足，脉象弦硬，脾气大，身体差。

旁边几个跟他一起来看诊的工作人员，纷纷笑着说，医生真准，这家伙真是我们这群人中脾气最大的。

我说，心态好，病魔跑。

我吩咐学生开了四逆散加颈三药。

柴胡 5 克，白芍 30 克，枳壳 10 克，炙甘草 5 克，葛根 30 克，丹参 30 克，川芎 20 克。3 剂。

对于顽固偏头痛，必须重剂起沉疴。

他问我要注意什么？

我说，改变从不抱怨开始，不要再怨天尤人就行，怨天的人，头首不好。

半个月后，他开开心心说，偏头痛好多了，能否请你到水库为两百多人看病？

世界上没有难治的偏头痛，只有难以改变的臭脾气。

因为有源源不断地抱怨、顶撞，人的头顶经脉才扭曲不通、剧烈疼痛。

5. 前额痛

有人说，怎么中医对同一种病用不同方治，有时不同的病又用同一方治，没有标准？

我笑着说，用药如用兵，《孙子兵法》说，善战者，必定是因人因地因时制宜。

一林氏妇女，前额痛不可忍。

我一切她的脉问，你的头痛必定是着急紧张时加重对吗？

她惊讶地说，你怎么知道，一旦车多人急，头就痛得要爆炸了。

医生说我这是血管神经紧张性头痛，久治不愈。

我说，小菜一碟，紧张、着急、焦虑加重的病，四逆散主之。

我遂叫学生开四逆散颈三药加白芷。

柴胡 5 克，白芍 20 克，枳壳 10 克，炙甘草 5 克，葛根 20 克，丹参 20 克，川芎 20 克，白芷 10 克。3 剂。

等我再去虎山跑步时，她微笑着迎面而来。

我问，为何不来复诊？

她激动地说，讲了你不相信，吃了那三剂药，已经个把月头不再痛过。这是我有生以来，吃过最有效的药。

再顽固的前额痛，你只要找到诱因，着急、焦虑加重的，需要疏肝解郁、缓急止痛，便可以立即见效。

6.
巅顶头痛

有人说，怎么一个头痛分为不同部位用不同的药？

我说，中医有个归经学说，兵无向导不达贼境，药非引使不到病所。

如果不是巧妙使用引药，你很难精准打击，直捣黄龙，拔除病灶。

就像导弹一样，需要导航系统。

一位曾姓大叔，已经头痛二十多年，反反复复。

我一切他脉说，你的头痛在哪个部位。

他迅速往头顶百会穴一指，声音带着高亢和激动，说就这里。

我笑着说，你那头痛必定是痛时碰都不敢碰是吗？

他目露惊讶，连连点头说，正如你所说，果然脉很准。

其实我摸他脉象有力，有力无力辨虚实。

这明显是实痛拒按的症状。

我迅速叫学生开四逆散加颈三药、藁本。

柴胡 5 克，芍药 20 克，枳壳 10 克，炙甘草 5 克，葛根 20 克，丹参 20 克，川芎 10 克，藁本 10 克。3 剂。

半个月后，我赤脚穿越虎山，遇见他也在爬山，他很高兴地说，我吃完第一剂药头就不痛了，你这药很神，如果下次复发，能否照单开药?

我说，坚持锻炼和保持好心情，怎么可能会复发。

数十年顽疾，一剂药定乾坤。

正如《黄帝内经》说，疏其气血，令其条达，乃至和平。

7.
鼻塞

学生不解地问，怎么颈痛、头痛用颈三药，连耳鸣、鼻塞也用颈三药？

我笑笑说，去北京要走京九铁路，去天津、青岛也要走京九铁路，这条主干线通透，各个地方再不会闭塞。

鼻子的营养也要靠颈椎供上来，这个地方压迫了，鼻子能通透吗？

一个鼻塞的曾姓小伙子，他老妈拉着他前来说，孩子鼻炎，上课没精神，晚上用嘴巴张大呼吸。

我切完脉后说，这小娃子这么小，脖子就弯了，每天看多少手机、电视，从实招来。

周围人哈哈大笑。

孩子妈妈也笑着说，一放学回来，就迷上手机游戏。

我说，沉迷手机，造就大量低头一族，颈椎的压迫导致眼、耳、鼻的供血减少，这些五官功能就会障碍。

我很快叫学生开出四逆散、颈三药加苍耳子、辛夷。

柴胡 5 克，白芍 10 克，枳壳 5 克，炙甘草 5 克，葛根 10 克，丹参 10 克，川芎 5 克，苍耳子 10 克，辛夷 10 克。3 剂。

一个月后，我走乡串寨，巡回义诊。

孩子的母亲特地开车来找我，送上一瓶蜂蜜，高兴地说，自从听你一席话后，孩子少玩手机了，三剂药吃完，晚上不再鼻塞，真是不知如何感谢你。

如果你研透人体经脉走向，就明白疏通颈部经络，对人体五官七窍的康复多么重要。

8.
耳鸣

有人不解，中医怎么没分科？

我说，对，人是一个整体，怎么能分割，如果你肩颈经脉堵塞，引起头晕头痛、颈僵、鼻塞、耳鸣，你不需要分别去找五官科、颅脑科，只需要疏通颈部血管神经，诸症自愈。

一饭馆大叔，面红目赤，人急躁，他苦闷地说，怎么白天黑夜耳朵都嗡嗡作响，我在医院拿药都吃不好。

我一切脉，弦硬有力，便哈哈笑说，凡是暴鸣要治肝，久鸣要治肾。

你这是暴饮暴食加上火爆脾气，导致龙雷上攻于耳，平时肯定还头痛。

大叔点点头说，你说得对，生意越好，头越痛。

我叫学生开四逆散加颈三药、石菖蒲。

柴胡10克，白芍20克，枳壳20克，炙甘草10克，葛根30克，丹参20克，川芎10克，石菖蒲20克。3剂。

大叔疑惑地问，就这么少药？

我说，盐巴虽少，可以咸菜。

真对症的药物，在精不在多。

半个月后，我骑自行车路过饭馆，老板冲出来叫停我，说什么也要请我吃顿饭。

他说，你那药吃了睡觉好，耳朵不叫，头也不痛了，你那是什么药，怎么可以一箭三雕。

可见，并非所有耳鸣皆是肾虚。

中医不是治病名，而是治其气，如果头部气机通畅，何鸣之有？

9. 眼目干痛

有人说，中医几千年来，用来用去就那几百味中药，跟不上时代的发展。

我笑着说，中国几千年来都是吃白米、馒头、面条，最普通的就是最好的。

正如人体清阳出上窍，浊阴出下窍，又有什么难治的病呢？

一县城中学有个高才生，据说现在高才生的成绩与眼镜的厚度成正比。

他的眼睛干涩，点眼药水无效。

他奶奶在这里治好了腰痛，死活要把孙子拽回来看中医。

我的乡村巡回义诊计划已经初步成功。

不仅治好老人，还要医好他们的后代。

我说，小伙子，你读书弦绷得太紧，肝血透支得太厉害，所以颈僵目干，多到操场上去挥洒出汗吧！

我随手叫学生开了四逆散、颈三药、枸杞子、菊花。

柴胡5克，白芍10克，枳壳10克，炙甘草5克，葛根10克，丹参10克，川芎5克，枸杞子10克，菊花5克。3剂。

半个月后，我路过村寨前的黄土地路，老奶奶在种菜，她见到我，小跑过来笑着说，医生谢谢你，我那孙子不用点眼药水了，眼睛不再干痛了。

老师、父母讲他都不听，医生你讲他就听进去了，现在常去跑步。

可见，医生除了开药外，还必须行使教化之功。

10.

脸上暗斑

常听人家说，美容要做面膜，护理。

我笑着说，谈到美容，谁都休想跟中医比，中医学认为心其华在面，这句话读懂，你在美容方面已经登堂入室了。

人体面目的色泽主要靠心脏气血滋养灌溉，气血充盈，绝不会有色素沉着。

当地一位中学老师，两边脸都有暗斑，我一切脉就知道，凡女性属阴，如若性格郁闷，加上又少户外运动，手无缚鸡之力。

我说，人郁闷了，就没力，一高兴，手脚都是劲。

很快我叫学生开四逆散加颈三药、玫瑰花。

柴胡 5 克，白芍 10 克，枳壳 10 克，炙甘草 5 克，葛根 20 克，丹参 20 克，川芎 10 克，玫瑰花 15 克。7 剂。

一个月后，我带队去爬虎山，下山时看到这位老师在大步登山。

她看到我，笑逐颜开地说，你那药是不是能治失眠？我一吃那药睡得很好，脸上斑都没了。

我一看果然颜面如洗，后来她又介绍几个脸上长暗斑的老师过来，并且请我去学校讲中医美容养生课。

可见周身之气，通而不滞，血活而不留瘀，气通血活，何患暗斑不愈？

11. 眩晕

常听人说，中医治本，这句话讲对了。

在春天治病，必须牢牢抓住疏肝理气，条达抑郁这个本。

俗话说，春天孩子脸，一天变三变。

这句俗话告诉我们，大凡忽起忽落、多变反复的疾病，必须调肝胆。

批发市场一个员工，高姓，过完年后，一直眩晕乏力，情绪抑郁。

我一切他的脉便说，春练筋，你看树苗抽着芽，就知道人体拉筋最好的季节到了。

春天抽筋，四季平安。

我马上教他压脚。

当他看到我一脚能踢到他肩膀时，他惊讶得合不拢嘴。

我说，这就是十年不吃药的资本。

他说，可我怕吃苦。

我说，没事，我这汤方能提高你的吃苦能力，能养你的筋，让筋脉更舒展，你要借药修炼，否则吃药不练功，白吃一场空。

很快我叫学生开出四逆散加颈三药。

柴胡 5 克，白芍 15 克，枳壳 8 克，炙甘草 5 克，葛根 30 克，丹参 30 克，川芎 5 克。5 剂。

一个月后，我从虎山穿越下来，突然听到有人大喊请留步，我想不起他是谁。

他说，你忘了，我就是那个你指点踢脚拉筋的人啊！

自从吃那药并配合踢脚后，头再也没有眩晕过，我准备给你送一箱牛奶，但不知你又换地方看病了。

可见气血条达，百病难生，一有郁闷，赶紧拉筋。

12.
悬针纹

有人说，七情之病，草木无功。真正情志抑郁导致的疾病很难治理。

我笑着说，那是因为他没有碰到真正精通修炼的中医。

电器店的老板，饭吃不香，觉睡不安，还在吃抗焦虑药。

我切脉望色，见他两眉间有一悬针纹。

相学上讲，悬针纹主抑郁孤苦，一般出现这纹，必定是压力大，身体差，因为眉间对应心脏，好像心脏被压得皱巴巴。

老板叹了口气说，亏损了几十万。

我说，亏了钱不一定失败，如果你亏了笑脸，才真叫一败涂地，这辈子休想东山再起。

他问，此话怎讲？

我说，白居易诗曰：蜗牛角上争何事，电光火石穿此身。且富且贵宜观身，不开口笑是痴人。

他似懂非懂，我马上叫学生开四逆散加颈三药。

柴胡 5 克，白芍 10 克，枳壳 10 克，炙甘草 5 克，葛根 20 克，丹参 20 克，川芎 5 克。5 剂。

我说，这组合能让人心开意解，专治商场、战场、情场失落，抑郁之人。

半个月后，老板带他妻子前来，一是感谢，一是看病。

老板说，我现在把抗焦虑药丢掉，也能睡好觉、吃好饭了，太感谢你了。

早知中药能治抑郁，我就不用跑到省府医院去了。

我见他的悬针纹果然变淡了。

可见相貌是心造的，心扭曲了，相貌就会皱，心抚顺了自然相好庄严。

人对是非成败看淡一点，心就舒坦一点。

13. 嗜睡

曾经听过，有人大唱中医非科学论。

我笑笑说，中医是实学，实实在在能解除问题的学问。

你不用理会这些论点，你只要把他周围人的疾病治好，他自然心服口服、无话可说了。

一位工程师不相信中医，他的孩子每天昏昏欲睡，成绩一塌糊涂，身体极差，吹阵风都鼻塞头晕。

孩子的奶奶偷偷把孩子带过来。

我一看孩子虚胖的白脸便知道原因，便说，这娃子一是吃冷饮伤阳，二是用手机煮脑，所以没精神。

孩子的奶奶猛点头说，孩子就好这些。

我很快叫学生开出四逆散加颈三药、鼻三药。

柴胡5克，白芍10克，枳壳5克，炙甘草5克，葛根15克，丹参10克，川芎5克，苍耳子5克，辛夷8克，石菖蒲8克。5剂。

半个月后，这一家人扛着一包米找来，孩子在旁也精神抖擞。

我问是怎么回事?

孩子奶奶说，老师反映孩子最近精神好，上课不打瞌睡了，回到家也少玩手机，您看要不要再调整方子。

效不更方，吃了药神清气爽，继续保持。

可见不停止这些伤精神的行为，你的身体好不起来，不辨证论治，你的病就难以根治，疾病一直都会跟你死缠烂打。

直到你遇到名医名师，有所觉悟，有所改变为止。

14.
高血压

有人吃了几剂中药并没有很理想的效果，便抱怨说中医不好。

我笑着说，盲目地把身体交给医生和药物，却不懂得去导引练功的人，世界上再好的医生也难治他的病。

一个高血压的患者是电工，血压飙起来的时候要倒在地上。

他用降压药强行控制，仍然逃脱不了失眠、烦躁、头晕的痛苦。

直到他的老婆带他找到我。

他说，中药慢，我对中医丧失信心。

我笑着说，我有信心就行。你脉象弦硬，脾气刚。像你这种高血压在我这里都是小菜一碟。

如果不在气势上显出强有力的自信，你很难让患者言听计从，安心吃药，认真练功。

果然他无话可说。

我叫学生开四逆散加颈三药、石菖蒲。

柴胡 10 克，白芍 25 克，枳壳 10 克，生甘草 5 克，葛根 50 克，丹参 30 克，川芎 10 克，石菖蒲 5 克。5 剂。

五天后，电工亲自前来。

我看了后说，复诊的代价就是十个泰山压顶。

电工露出笑脸说，想不到吃你的药加上练功，我能睡好觉了，烦躁没了，血压也降下来了。

他果真在半山亭里给大家表演了十个泰山压顶。

谁也不敢相信，凭 5 剂药就可以把血压往下调。

可见用药治疗占三分，七分练功靠自身。

缺乏练功的汤药和医生，就像鸟缺一翅、车缺一轮那样辛苦。

15.
手指受伤

有人说，中医对慢性病的调理不错。

这句话真的说中了。

有一个茶农，他的手指被机器打伤了，一直痹痛无力，郁闷在家不能干活，整日唉声叹气。

他听说有医生在乡村巡回义诊，口碑不错，十愈其七，乃真中医。

我切他脉，发现肝脉郁结，心血不足，十指连心，肝木不生火，所以指头很难恢复得理想。

茶农悲观地说，一家子的活就靠我，我现在伤成这样怎么办？

患者没有勇气和信心，谁也帮不了他。

改变人生活命运的不是医生、药物，有了百折不挠的勇气，才有万种千般的奇迹。

我很快叫学生开出四逆散加颈三药、桂枝。

柴胡5克，白芍20克，枳壳10克，炙甘草5克，葛根20克，丹参20克，川芎5克，桂枝10克。7剂。

同时我教他泰山压顶，把力量练出来，肌肉修复功能会很快。

一周后，茶农欢喜地回来，还带来两包茶叶，高兴地说，吃这药，手有力多了，又能正常干活。

可见心理对人身体的影响至关重要，人一解郁，浑身都是力气，一旦抑郁，一点力都用不出去。

凡伤口的修复，最喜欢的就是开心舒达，最害怕的就是抑郁叹息，手指受伤不可怕，最可怕的是他连心也受伤了。

16.

唇黑症

有人说，奇难怪症要找中医。

没错，中医擅长治平常病，也擅长治奇难怪症。

打虎的才是英雄。

降伏奇难怪症方是中医本色。

医院里有个伤科医生，长期地劳累，嘴唇发黑。

周围人看到这种现象都很惊讶，问他是怎么回事？

检查做了，也检查不出什么？

他因此找到我。

我一切脉发现脉跳急促，乃焦虑不安，暗耗心血。

我问道，你晚上睡眠质量一定很差。

他点点头。

这样消耗得多，生发得少，所以唇暗疲倦。

我马上叫学生开四逆散颈三药、石菖蒲。

柴胡 5 克，白芍 10 克，枳壳 10 克，炙甘草 5 克，葛根 25 克，丹参 20 克，川芎 5 克，石菖蒲 5 克。5 剂。

颈三药加强心主血脉功能。

石菖蒲使脾开窍于口功能加强。

大概一个月后，他再过来，乌暗的唇色居然消退了，希望我们到他的村寨去义诊。

他说，吃这汤药后，睡眠好多了。

不管是中医西医，都认为睡眠能造血，深度睡眠更能造强大的气血。

所以睡眠是免疫力的第一道防线。

睡眠以放松为深沉。

对于这些劳苦的医生来说，四逆散就是放松神经，缓解压力最直接的良药。

17.
口干症

劈硬柴方显斧头功夫。

啃硬骨头才见牙齿刚强。

有人说，中医只能治些小问题。

我不知道咽干口燥，服遍良药两三年都不好，算不算小问题。

一村中老阿婆，口干心烦，常半夜干醒，难以安睡。

我听她语速很快。

中医学认为，火性快，而水性慢。

这明显是肝郁化火，火灼阴伤。

我说，别急，讲话慢点，人一急就动火，一动火就伤水。

现在那么多口干舌燥咽炎的患者，根源就是急性子。

我叫学生开四逆散加颈三药、枸杞子。

柴胡5克，白芍10克，枳壳10克，炙甘草5克，葛根20克，丹参20克，川芎5克，枸杞子20克。5剂。

我读过张锡纯，张先生曾经劳累着急，导致彻夜口干难眠，他灵机一动，抓一大把枸杞子嚼服。

因为甘能缓急，水可克火。

枸杞子甘甜又能滋肾水，所以重用疗口干。

后来有朋友开车接我去义诊，当路过一片山村，田地里一位老阿婆叫住了我，上前来说，先生，感谢你，我吃你的药，口干好了，快下车到我菜地来，想要什么菜，我帮你摘。

我笑着说，我已经摘到你的菜了。

老阿婆一头雾水。

我说，你的笑脸，你的感恩，以及你切身的案例，就是最珍贵的名菜，最丰盛的知识盛宴。

18. 面痒

有人说，皮肤病难死老中医。

有人说，治啥别治皮，治皮丢脸面。

皮肤瘙痒，真有那么难吗？

我认为，会者不难。

有一个修理厂的妇人，头面发红，痒得难耐，吃抗过敏的小药片能缓解一二天，一不吃瘙痒又上头面来。

我一切她的脉，弦硬明显。

女性男脉，这妇人柔和不足，刚烈有余。

我笑着说，你这瘙痒激动时加重，越着急生气，面越红，痒越重。

她惊讶地问，对了，你怎么知道？

我说，一要少吃肉鱼，二要多出汗，三别激动。

气得面红脖子粗，浊阴上攻皮肤痒。

很快我叫学生开了四逆散加颈三药、石菖蒲。

柴胡 5 克，白芍 20 克，枳壳 10 克，炙甘草 5 克，葛根 20 克，丹参 20 克，川芎 5 克，石菖蒲 10 克。5 剂。

这是疏肝解表法，张仲景讲，以其不得小汗出，身必痒。

我这汤方疏肝与解表兼备。

半个月后，妇人提着一袋水果过来，很开心地说，从没有吃过这么有效的止痒药，自从吃第一剂药后到现在没痒过，换做以前想要三两天不痒，那都是奢望。

我笑着说，你忌嘴忌得严，所以病好得快。

可见天底下并没有难治的瘙痒，只有难以调伏的脾气。

心气平和瘙痒消。

心烦气躁瘙痒起。

19. 面肿

知识分子往往难沟通，他们常带些学识上的傲慢和偏见，这样常不如纯朴的老百姓生活那么幸福。

我的乡村义诊行，主要治疗平民老百姓，老实听话，临床疗效十分满意。

一个幼儿园老师，每到春天头面容易肿胀，手指胀满难弯。

她听说有中医在各村寨巡回义诊，便抱着试一试的心态前来。

我切其脉说，你肝郁气虚。

老师说，可我的肝没问题，也不会气虚，就是面部肿胀。

我说，按你的脉象来看，你要服用疏肝活血补气的药，这样气足，郁解血行，你的水湿胀满才会退掉，记得不要吃生冷水果。

她不可思议地问，从来没有医生这样讲过，水果不是有维生素吗？

我说，对于气虚面肿的人来说，你以为吃了一口生果，殊不知生果吃你一口阳气。

她目瞪口呆，难以置信。

我叫学生开四逆散颈三药加黄芪、党参。

柴胡 5 克，白芍 10 克，枳壳 10 克，炙甘草 5 克，葛根 10 克，丹参 10 克，川芎 5 克，黄芪 30 克，党参 20 克。5 剂。

岳美中老先生曾说，气足水才排得走。

结果第五天她来复诊，喜笑颜开，面肿已消退，手指也不僵硬胀满了。

可见面对再疑难的顽疾，我们照样用平常的行气活血方法，这样气足血通，肿胀自消。

20. 黑眼圈

有人说，中医常调理些小问题。

我笑着说，小病不治，大病之母。小洞不补，大洞一尺五。擅长于见微知著，治病于萌芽的医生是最高明的。

有一个市场上卖鞋的阿姨，眼眶黑，浮肿，像熊猫眼。

周围人还以为她得了大病，我一切她的脉急躁，便说，没什么，就是睡眠少。

俗话说，睡养眼，想有个好眼睛，必须有个好睡眠。

她苦闷地说，可我睡不着啊！

我说，回去练金鸡独立，引气归田，加上汤药就能睡好觉。

我很快叫学生开出四逆散加颈三药、石菖蒲。

柴胡5克，白芍10克，枳壳10克，炙甘草5克，葛根15克，丹参10克，川芎5克，石菖蒲5克。5剂。

我最欣赏的就是这首养生座右铭。

视必垂帘，息必归田。

食必淡节，卧必虚恬。

只要少看电视，多练功，饮食清淡不撑，必定能睡个有质量的觉。

后来，我有一次到市场上去买东西，一个妇人叫住我。

我认不出。

她笑着说，你忘了，我的黑眼袋就是你治好的，现在觉睡得好，眼袋没了。

我这才想起。

可见善消防者，必定第一时间把火灭掉。

善耕地者，必定不会让杂草长高。

善医病者，在小问题出现时就已经下手了。

21.

手指痛麻

有人说，颈肩腰腿痛这些老毛病会伴随一辈子。

我相信《黄帝内经》一句豪言壮语，病非人体固有之物，能得亦能除，言不可治者，未得其术也。

碗厂对面有个老人，手指痛麻，他听说有良医，便找来。

他用试探的方式伸出手来考我。

我一切脉笑笑说，你的颈不好，睡眠质量太差了。

他用怀疑的眼光看着我，说，不对，不对，我只是手指痛麻。

我说，你颈部没有压迫，手指怎么会痛麻？肩颈是手臂的老板，没有压迫就没有反抗。

所以员工有问题，要治他的老板。

肩颈松开了，手指就解放了。

周围人听了哈哈大笑。

我很快叫学生开出四逆散加颈三药和桂枝。

柴胡 5 克，白芍 10 克，枳壳 10 克，炙甘草 5 克，葛根 30 克，丹参 20 克，川芎 10 克，桂枝 5 克。5 剂。

等我又换地方巡回义诊时，老人家居然笑逐颜开地找过来说，吃这药手指痛麻好多了，比擦药酒还管用。

我笑着说，那是当然了，人体最容易疲劳的肩颈部，最容易激动的胸肋部，同时都放松了。

你想一想，你的手指能不舒服吗？

可见射人先射马，擒贼先擒王。

手指有毛病，要治肩颈。

员工出问题，要调老板。

正如《黄帝内经》讲，主明则下安，主不明则十二官危。

22. 汗斑

有人说，中医治普通病还行。

我笑着说，普通病治不好就是疑难病，疑难病治好了，也只是普通病。

世界上没有疑难的病，只有没找到治法的人。

市场上有位卖日用品的大叔，他身上布满汗斑，屡治乏效。

我笑着说，汗斑就是血液浑浊在肌表的投影，所以但凡得汗斑的人，他们大都烦恼习气重，饮食口味重，还有一点便是久坐不运动。

他的汗斑偏白色。

中医学认为，紫暗乃血瘀，白色为气滞。

这明显是表郁气滞，窍闭湿塞。

我很快叫学生开出四逆散加颈三药、石菖蒲。

柴胡 5 克，白芍 10 克，枳壳 10 克，炙甘草 5 克，葛根 30 克，丹参 30 克，川芎 5 克，石菖蒲 10 克。5 剂。

一般人不知道我为何如此喜用丹参、石菖蒲。

这组对药能够加强心主血脉百窍的功能。

中医学认为，心开窍于舌，肝开窍于目，肾开窍于耳，脾开窍于口，肺开窍于鼻。

所以临床上舌头、嘴巴、耳朵、鼻子、眼睛，这些孔窍出现问题，我都喜用石菖蒲。

《黄帝内经》讲，诸窍易闭。

第二次复诊时，他高兴地撩起衣服说，瞧，大半年的汗斑退隐下去了。

可见看似疑难的小问题，用对思路，解决起来容易得很。

正如《道德经》上讲，难易相成。

掌握窍门，难的变容易，没掌握窍门，容易的变难。

23.
眼跳症

有人说，中医没有创新，跟不上时代层出不穷的疾病变化。

我笑着说，三百年前用太极可以制敌，三百年后的今天用太极还是可以制敌。

敌人再怎么变化，太极还是原来的太极，这叫以不变应万变。

一位小伙子，玩了一个假期的手机，得了一个怪症，眼睛眨跳个不停，就像手机屏幕一闪一闪那样。

这是声光电热能刺激的跳眼病。

我笑着说，俗话说左眼跳财，右眼跳灾，你这两只眼都跳，会不会发灾难财呢？赶紧把手机丢一边吧，以后眼睛坏了，再后悔就难了。

我很快叫学生开四逆散加颈三药和防风。

柴胡5克，白芍10克，枳壳10克，炙甘草5克，葛根15克，丹参10克，川芎5克，防风10克。3剂。

中医学讲，凡跳动为有风，治风一要疏肝，因为厥阴肝经属风木，二要活血，因为血行风自灭。

四逆散疏肝，颈三药活血，配上防风把风邪格挡出体外。

有一天下午到菜地去，路上碰到孩子的母亲，她笑着说，孩子了吃两剂药，眼睛就跳得不厉害了，药吃完孩子眼睛就正常了。

医生您要多跟我们孩子讲，我们讲他不听，您讲他就听。现在他不再沉迷手机了。

眼疾是替罪羔羊，沉迷手机才是罪魁祸首。

你不过度用眼，怎么会有难治的眼病？

我们的灵眸双眼，需要的不是药物，而是休息。

24.

周身酸痛

俗话说，病急乱投医。

其实你真认准一个中医，吃他的药，听他的养生良言，走出病苦没有你想象得那么难。

所以心定了就不叫乱，心乱了就不叫定。

我觉得走三家，不如定一家。

镇上石印村一位阿姨，腿脚痹痛难以行动，她一直以为得了什么怪病，遍访良医无效。

听说山脚下有义诊的中医，便前来求诊。

我切其脉说，你周身酸痛，血气不旺，心情不好。

她竖起大拇指说，神了，你怎么知道？

我说，我还知道你睡眠没质量。

她听了猛点头，好像找到了救星一样。

每每看到患者这种信赖的眼神，我就觉得有救了。

因为信为道源功德母，长养一切诸善根。

我很快叫学生开四逆散加颈三药、枸杞子。

柴胡 5 克，白芍 10 克，枳壳 10 克，炙甘草 5 克，葛根 15 克，丹参 10 克，川芎 5 克，枸杞子 20 克。3 剂。

十多天后，阿姨从村里小跑到山脚下，还带人过来，脸上挂满微笑，口中充满赞叹，医生我该怎么感谢你呢？现在我感到浑身舒畅，没有酸痛感。以前难以走动，现在可以跑步。

周围人莫不叹为稀有，惊为神奇。

我说，郁闷对人的打击是相当大的，用四逆散解郁法，释放出的能量常常超乎你想象。

不是因为我偏好四逆散，是因为这世上情执重、郁闷的人太多。

可见人生本逍遥，不为病烦恼。

25.
失眠

有人说，中医慢，不如西医快。

我笑着说，不管什么医学体系，你找到窍门了就快，没找到窍门就慢。

不是医学体系的问题，而是人的问题。

你辨证得准，小米加步枪可以命中靶心。

辨证不准，大炮也会打歪了。

深圳有位大叔，失眠烦躁，每天只睡一两个小时的觉，安眠药、安神药没有少吃。

他特地从珠三角坐车到我们粤东的小山村来。

我觉得中医像一坛好酒，酒香怎么会怕巷子深呢？

我切他的脉，观他的神色焦灼，便说，你颈部有压迫，容易头晕颈僵吧？

他木讷的眼神里露出一点生机与活力，说，你是第一个找到我问题的医生。

我说，你颈部的肌肉不松解开来，休想睡好觉。觉越睡不好，颈部就越不能放松，这是恶性循环。

于是我叫学生开出四逆散加颈三药、石菖蒲。

柴胡 5 克，白芍 10 克，枳壳 10 克，炙甘草 5 克，葛根 15 克，丹参 10 克，川芎 5 克，石菖蒲 10 克。3 剂。

谁知三天后，他一换以前的木讷面具脸，变为笑容灿烂，眉间舒展。

他知道我不收红包的规矩，便提来一大篮菜，说，我吃你第一剂药，当天晚上便一觉到天亮，足足睡了八九个小时，这么多年来是头一回，连续这么多天来都睡个好觉，你这是什么神药啊？

我说，不是什么神药，是对证的药。

可见对于颈源性失眠焦虑，你治失眠是没用的，必须疏通颈部经脉，方能见到满意疗效。

26.
胸胁肿痛

有人吃了两剂中药，效果不理想，就觉得中医不适合自己，对中医便失去了信心。

甚至产生了偏见，说中医没用。

这和崴着脚就抱怨地不平的心态是一样的。

关键是我们要学会走路，学会使用中医。

一个司机的老婆，经常在家做手工。

我知道久坐不动，必会造成抑郁之象，加上埋首案桌，颈部肯定有压迫。

所以我切她脉时，就说你这是颈源性肝郁，颈部压迫，加上胸胁抑郁，导致两胁肿痛，乳房胀痛有好几个月了，老是好不了。

《黄帝内经》讲，邪在肝则两胁中痛。

于是叫学生开出四逆散加颈三药和橘叶。

柴胡5克，白芍10克，枳壳10克，炙甘草5克，葛根15克，丹参10克，川芎5克，橘叶10克。3剂。

她问，还要注意什么？

我说，少坐多走，坐死的肌肉，走活的血脉。

对于所有郁闷的人来说，都可以通过长远的徒步走，来化解抑郁，条达气机。

我看过一个案例。

有个老总抑郁失眠，寝食难安。

医生建议他放下事业，用自己的双脚重走万里长征路。

结果还没走完一半，老总的焦虑抑郁统统消失，抗焦虑药和安眠药都统统丢掉，呼呼大睡像个娃子。

有一天，司机在路上叫住我说，我老婆吃你那药后，胸胁不闷了，她现在常去爬山，身体好得很，这是我电话，以后要坐车，随叫随到，记得要给我一个感恩戴德的机会。

我哈哈笑说，会的会的。

可见久坐伏案导致的抑郁，除了解郁强项外，还得靠徒步。

因为腿脚生风，气血流通。

27.
情绪胃痛

有人说，胃痛无真药。

我笑笑说，素来中医都有三分治七分养的说法，如果你只懂得治，不懂得养，那么不管是什么胃药，最多只不过是短期疗效尚可。

县城一位中学老师，她慕名驰车前来，胃痛多年，常痛得难以忍受，上课都容易动情绪。

我切她脉说，你的胸部和颈部有压迫，导致胃部拘挛不放松，要少伏案、开车、看电视。

这老师摸摸颈部说，对，我就是这个问题。

许多医生都忽视了这个问题，他们不知道脏腑的神经是由脊椎分出来去营养主导的。如果脊椎有压迫，脏腑是不可能自在轻松的，明白这个道理，你就会理解我把颈三药看得很重的道理。

这不单通颈部，整条脊椎都通达。

所以我叫学生开四逆散加颈三药、延胡索、川楝子。

柴胡 5 克，白芍 10 克，枳壳 10 克，炙甘草 5 克，葛根 15 克，丹参 10 克，川芎 5 克，延胡索 10 克，川楝子 5 克。3 剂。

这位老师问，还要注意什么？

我笑着说，只需要注意到三点。

讲话慢，吃饭慢，开车走路慢。

这样天下断无难治的胃病。

后来我再碰到这老师时，她喜笑颜开地说，吃了第一剂药感觉就好多了，希望您能巡回到我们乡村义诊。

我深知延胡索这味药的厉害，心胃痛到死去活来，赶快把延胡索找来，它是治疗整个消化系统疼痛的妙药。

可见辨证精准，加上特效药，配合养生，天底下不会有多少难治的病。

28.
夜盲

人强壮了，病就显得弱小。

人弱小了，病就显得强大。

所以我们中医不仅治病更是治人。

正如军队里常说的，不是敌人太强大，而是我们功夫太差。

村里一位老人，一到傍晚就不敢出门，不是怕鬼，而是眼睛花难以看清路，就像大自然的鸡鸟一样，一到傍晚天黑，他们眼睛就不好使了，赶紧要进窝躲起来。

民间称为夜盲，西医说是缺乏维生素。

而中医学认为是肝藏血不够，或年老气衰。

《黄帝内经》上讲，气脱者目不明，又讲，肝受血而能视。

所以对于老年人目暗昏花，必须要补气养肝。

我知道她脉象弦硬，性格刚强，所以要疏解和补养双管齐下。

我很快叫学生开四逆散加颈三药和黄芪、枸杞子。

柴胡 5 克，白芍 10 克，枳壳 10 克，炙甘草 5 克，葛根 15 克，丹参 10 克，川芎 5 克，黄芪 30 克，枸杞子 20 克。5 剂。

老阿婆反复地问，我这眼睛能治吗？

我不会给她模棱两可的答案，给她信心说，是病就能治，把肝血养回来，眼睛的光明会回来的。

结果，有一天我去骑自行车，老阿婆提了一小袋红薯，欢颜喜笑地说，吃那药我觉得眼睛很好，以前爱流泪，现在不流了。

我按处方又抓了一次来吃，晚上看东西没那么花了。

可见，补充维生素，不如制造维生素。

枸杞子虽然能补充维生素，但是最大的功能是养肝体，助肝用，帮助肝制造出更多的维生素。

29.
脑热手凉

军人最糟糕的不是牺牲，而是投降被俘。

患者最糟糕的不是绝症恶疾，而是自我放弃。

陈江村一个患者，头脑发热血压高，手却偏凉。

她形象地比喻说，我的头部可以煮茶了。

也就是说，她气血攻头。

我笑着说，气有余便是火，你这是怨气冲天，是不是常恨人啊？

她说，我吃了降压药都降不下来。

人睡眠不好，气就不能往下纳。

气一往上飙就是烦恼起火了。

我笑着说，先让你睡个好觉，烦恼就消了。

我很快叫学生开四逆散加颈三药、胸三药。

柴胡5克，白芍10克，枳壳10克，炙甘草5克，葛根10克，丹参10克，川芎5克，桔梗5克，木香5克。3剂。

同时教导她练泰山压顶，引气下行。

她咬牙坚持。

你不自暴自弃，我决不轻言放弃。

第二次复诊，她高兴地说，头脑如同煮茶那样一团火的感觉没有了，手也暖和了。

中医学认为，一个人只要头顶清凉，四肢温暖，他身体绝对是顶呱呱。

相反，如果他是头顶发热心烦而手脚冰凉，那身体问题就大了。

而解除这种常看电子产品导致心脑烦热、手脚凉冷的时代病，最好的汤方就是四逆散。

这就是医圣张仲景为我们后人量身定造的一剂降本流末清凉散，把心脑的烦热降到手脚去，人就安了。

所以不是我个人偏好四逆散，而是这时代郁闷烦热而手脚凉冷的人太多了。

如能够洞悉此中道理，所谓疑难病也不是很疑难。

30.

胆囊炎

有人常抱怨，这个社会太冷漠了，我得不到别人的帮助。

我笑着说，停止你的抱怨吧！你可以去看《不抱怨的世界》这本书，改变从不抱怨开始。

天底下最上等的命运，都掌握在那些不抱怨者的手心。

有一个卖衣服的阿姨，她老是口干口苦。

我切她脉发现左关部郁结如豆，明显是肝胆堵塞，容易患脂肪肝、胆囊炎。

她竖起大拇指点头说，我的肝包油、胆囊炎已经有很多年了。

我笑着问，为什么要养虎为患，养病为痈呢？

她抱怨着说，谁不想治病，是现在的医生不行，检查很清楚，开药却没用处。

我看她那慵懒的样子，便说，患者肯练功，医生很轻松，你若懒动，任何行气活血的药都没用。

一个抱怨外环境的人，所有的好事都会变得糟糕。

一个努力提升自身修为的人，所有的糟糕都将变为好事。

我很快叫学生开出四逆散加颈三药和颠倒木金丸。

柴胡 5 克，白芍 10 克，枳壳 10 克，炙甘草 5 克，葛根 15 克，丹参 10 克，川芎 5 克，木香 10 克，郁金 10 克。3 剂。

同时叫学生教她泰山压顶。

一周后她又带朋友过来，欢喜充满地说，医生，你那三剂药不用七块钱，我吃了嘴巴干苦、胸胁胀满都好了，这是我吃到最有效的药。就是你那个泰山压顶太难练了，比挑担还辛苦。

我笑着说，梅花香自苦寒来。你不吃点苦头，留点汗，怎么可能品味到健康的香味。

31.
背痛

有人说，老病难断根。

确实如此，但要想把老病顽疾的老窝端了，难并不代表不可能。

一位摩托车司机，背痛多年不愈，他说以前挑担挑太重，压伤了。

我笑着说，劳伤的病好治，想伤的病难医。

他说每逢刮风下雨，后背就疼痛难忍，有时晚上都会痛醒。

我切完他的脉问，是不是劳累着急紧张的时候背痛加重？

他猛点头说，对对，往往拉客走长途的时候，背痛就会加重。

我说，背部的疼痛和背负的心理压力分不开。背痛驼背是自信心不足、压力又很大的后遗症。

我很快叫学生开四逆散加颈三药、背三药。

柴胡5克，白芍20克，枳壳10克，炙甘草5克，葛根15克，丹参10克，川芎5克，羌活5克，姜黄5克，威灵仙5克。3剂。

常人不知道为何我用四逆散这么频繁?

我可以把秘诀告诉大家，但凡压力、紧张、焦虑加重的疾病，我都会用四逆散帮患者宽胸解郁，缓急止痛。

四逆散能很快让患者的身体安定下来。

背三药是一派辛香之品。

《草药歌诀》上讲，辛香定痛祛寒湿。

这些芳香辛散之品，能快速赶走寒湿，平定疼痛。

后来我路过集市，一人开摩托车到我跟前说，上来，我带你一程。

我一看，正是那个摩托车司机。

他说，你那药我吃完背痛好多了，以前常痛得直不起腰，现在能直起腰板来。

可见再疑难的老背伤，也是有办法的。

一个人只要不背负太多的压力，他的背伤很容易治愈。

32. 脚痛

有人无奈地说，命运是注定的，疾病也是注定的。

其实在真正的中医看来，没有谁的命运是注定的。

每个人都可以选择成为什么样的人，改善生活的往往不是药物，而是停止你嘴上的抱怨。

改变从不抱怨开始，这比黄金钻石还贵重。

有位大叔，他才五十岁左右，在中学里做房管，因为一边肾坏死便去换了肾。

换肾以后脚跟部疼痛。

中医学认为，肾主腰脚。

所以脚不行，是肾受伤的阴影。

我看后说，肾是父母祖宗赐予的。

一个人的生成就是从肾开始的。

所以最疑难的肾病腰腿疾病，常常跟抱怨父母、呵祖骂宗、顶撞上一辈分不开关系。

这跟古人讲的诸事不顺，皆因不孝有异曲同工之处。

我很快叫学生开出四逆散加颈三药、腰三药。

柴胡5克，白芍10克，枳壳10克，炙甘草5克，葛根15克，丹参10克，川芎5克，杜仲5克，枸杞子10克，巴戟天10克。3剂。

第二次，他一大清早就回来复诊说，脚部痛好多了。

我笑着说，清明祭祖虔诚一点，抱怨少一点，便会好得更彻底。

在这社会上我们看多了，凡是把自己不平遭遇怪到祖宗身上去，甚至怪风水、挖祖地的人，腰肾都好不到哪里去。

因为肾乃祖宗先天根。

在古籍上有这句经典教言，穴在人心不在山。

林则徐林公也讲过，不敬祖辈，风水无益。

可见怪命运风水不好的，他的个人成就都极其有限。

凡是感恩祖德，努力拼搏的人，幸福健康常跟他相伴。

33.
心慌胸闷

俗话说，心病无药医。

其实草木之药，是很难解开心结的。

但如果用对了药，还是能够达到大气一转，病邪乃散的效果。

镇上一个中学老师，心慌胸闷多年，爬楼梯上三楼都喘气，中间还得歇两次。

我们这时代，生活条件这么好，为何未老先衰的疾病这么多？

我觉得和当今世人的心量有关。

心量大了，事就小了。

心量小了，事就大了。

所以苏东坡讲过，除了豁达，拓宽心量外，没有什么更好的办法。所以他成为豪放派的一代宗师。

苏东坡即便是被流放，一无所有，也不会抑郁成疾。

我觉得，人生最可贵的修养莫过于此。

即使遭遇再差，照样笑对人生。

这老师关脉郁结，眉头紧皱。

我很快叫学生开出四逆散加颈三药、胸三药。

柴胡 5 克，白芍 10 克，枳壳 10 克，炙甘草 5 克，葛根 15 克，丹参 10 克，川芎 5 克，桔梗 5 克，木香 5 克。5 剂。

如果说四逆散是让人宽容包容的汤方，那么颈三药就是让人自强不息，更有骨气的药阵。

而胸三药则是令人拓宽心胸更能忍让包容的药阵。

这就是我很喜欢用这三组药阵的道理。

因为我们这个娑婆世界，刚强众生，病苦众生，小气量众生太多了。

结果我一周后，从龙山门口奔袭到五经富路上，看到一个人正在努力地攀登。

后面人竖起大拇指说，原本她走三楼都气喘心慌，不知吃了谁的药，现在能登上不下三四层楼，都还后劲有余。

听说就是那龙山医生的本事。

我会心一笑。

可见一个人真的胸中大气一转，能量永远超乎想象。

34.

饱食失眠

常言道，头痛医头，脚痛医脚。

其实中医是透过现象看本质的哲医。

我常常没有用安神的药，却意外地改善了患者的睡眠。

有位装修工，常年睡不好觉，又不想依赖安眠药。

一个只会开安眠药治失眠的医生是很可笑的。

我切他脉，双关郁结，便说，你胃不好。

他说，我是来治失眠的。

我告诉他，胃不和者，卧不安。我不放一味治失眠的安神药，却能把你的失眠治好。

他目露惊讶。

我很快叫学生开四逆散加颈三药、胸三药。

柴胡5克，白芍10克，枳壳10克，炙甘草5克，葛根15克，丹参10克，川芎5克，桔梗5克，木香5克。3剂。

并且认真地交代他七分饱胜调脾剂，以及饱食一顿损三日寿命的道理。

他听后目瞪口呆，好像从没想过自己一直不以为然地吃撑习惯，居然是自身最大的杀手。

可见错误的知见和养生误区比无知和病痛更可怕。

后来他带了七八个人过来，还买了五六本我写的《万病之源》和《告诉你疾病的真相》两本书。

他幽默地说，医生，吃了你的药和晚上那顿乞丐餐，我就跟失眠绝交了。

周围有不少失眠的患者，也纷纷想了解乞丐餐。

他笑着说，医生讲早餐吃得像皇帝，中午吃得像平民，晚上吃得像乞丐。

晚上吃得越朴素，越简单，越减少越好。

这样肠胃没有压力，心脏就会很轻松。

这就是食补不如睡补的道理。

可见明理少疾病，你要是真明白饱食则神昏，饱食则害命的道理，即使美味当前，你也能克制。

你之所以不能克制，是因为你受伤还不够深，领悟还太浅。

35.
咳嗽

俗话说，患者一咳嗽，医生眉就皱。

真的有那么难治吗？

中医学认为，见咳休止咳，那要怎么办呢？

首先要先理气，气不顺则咳，气顺则不咳。

县城里有一个搞建筑的老板，他连续咳嗽大半年，慕名前来。

我一切他脉弦硬，说，你还有肝包油呢，而且你这咳嗽一紧张着急就加重。

他目露惊讶说，对对，确实得脂肪肝有好多年了。

中医古籍记载，大气一转，病邪乃散。

胸中是大气储存的地方，这地方旋转升降起来，胸肺诸疾自愈。

所以胸三药至关重要。

它能直接开胸顺气，通宣理肺。

于是我叫学生开出四逆散加颈三药、胸三药。

柴胡5克，白芍10克，枳壳10克，炙甘草5克，葛根15克，丹参10克，川芎5克，桔梗5克，木香5克。3剂。

老板问，要不多开几剂，三剂太少了吧？

我笑笑说，将在精不在多，乌合之众，虽多无益。况且治肺要轻灵，正如古人讲治上焦如羽。

我顺便交代少荤多素，坚持徒步，遇事不怒。

三天后，他一大早就从县城开车下来，比赴军令状还准时，兴高采烈地像中奖一样，说道，医生，我感觉吃完第一剂药就好了一大半了，三剂药吃完就不咳了，我一打开药单发现，居然如此普通。

你这是什么灵药啊？

可见世上无神奇之药，只有平凡之药，平凡之药，用到极处就是神奇。

36.
脚肿

中医究竟缺什么呢？

宝贵的经验，经典的沉淀，完美的理论，这些中医全都不缺。

那为何还不够兴盛？

原来中医最缺的那一点核心，不在外面，而在医子的心间。

那就是敢担当的情怀。

一个人不敢承担，他就不会奋力付出。

不会奋力付出，他就不可能改变什么。

隔壁县城一个双脚浮肿的阿姨前来找我时，周围人都叫我不要接疑难危症，怕我医治不好留下不好的名气。

我说，名气和生命相比，那是没法比的。

我切她脉沉弦，脚部一按一个坑，明显气虚气滞水停湿停，应该补气行气活血利水。

如果一个医生碰到难啃的骨头就推走，他就已经在走下坡路了。

我很快叫学生开出四逆散加颈三药、黄芪、益母草。

柴胡5克，白芍10克，枳壳10克，炙甘草5克，葛根15克，丹参10克，川芎5克，黄芪50克，益母草15克。3剂。

并且严格交代她要远离生冷，多晒太阳。

因为寒湿脚肿，越冻越大，越晒越化。

三天后，超乎我想象，患者给我送来一大批日用品。

原来她家里开超市。

她开心地说，你看肿消下去了，现在走路很轻松，我发现吃你的药，小便量很多。

我笑笑说，升阳除湿，黄芪、川芎、益母草，这三药味就是专门补气、排水排湿的。

试想，如果我不勇于接下这位患者，哪里有这么精彩的医案？

患者也可能不会那么快一展愁眉，欢容喜笑。

所以说，服从是军人天职，而担当却是医生唯一的美德。

37.
抽筋

小毛病有时搞得人寝食难安，就像鞋里的一粒沙子，你会发现万里路并不难行，鞋里那粒沙子常常使你寸步难行。

镇上一位中年妇女，晚上睡觉经常抽筋，一抽醒就难以入睡，睡眠质量越差，身体就越不好。

我看后豪迈地说，治疗抽筋是中医的拿手好戏。

我问道，抽筋是白天多，还是晚上多？

当然是晚上了。

我又问，抽筋是下半身常见，还是上半身常见？

当然是下半身常见了。

我再问，抽筋是青少年多见，还是中老年多见？

当然是中老年多见了。

当你洞悉到这三个现象时，抽筋的病因病机和治法方药，便已经了然于胸了。

毫无疑问，晚上属阴，下半身属阴，中老年属阴，阴湿越厉害，发作就越厉害。

治法只有一个，升阳除湿。

于是我很快叫学生开四逆散加颈三药及淫羊藿、小伸筋草。

柴胡 5 克，白芍 10 克，枳壳 10 克，炙甘草 5 克，葛根 15 克，丹参 10 克，川芎 5 克，淫羊藿 30 克，小伸筋草 15 克。3 剂。

四逆散使人开怀年轻，进入少年状态。

颈三药升阳，让人进入积极阳光的白天状态。

淫羊藿、小伸筋草，能把下半身的水湿赶跑。

后来这妇人把她县城的亲戚朋友都带来，说，我一年多的抽筋吃钙片没好，吃你的药，三剂就好了。

这虽然是一个小问题，但如果没有解决，却是健康的大杀手，它会影响到睡眠，让你抵抗力崩溃。

38.

腰酸背痛

常有人不解地问，怎么中医开来开去都是那几个方？

我哈哈笑说，会功夫的招式不需要多，绝活常常一两招就足够了。

我总结当代的疾病，最常见的五大根源，十五个字就讲完了。

一是吃太饱。

二是动太少。

三是爱吵闹。

四是不睡觉。

五是滥用药。

吃太饱的有保和丸。

动太少的有黄芪桂枝汤。

爱吵闹的有四逆散。

不睡觉的有酸枣仁汤。

滥用药的必须靠清淡饮食。

水库有个工作人员，腰酸背痛，走路都没劲。

常人以为人有病了才不爱动。

而我却认为懒动才常有病，懒乃万病之源。

不用十秒钟，我就断她腰部酸痛，睡眠极差。

她点头。

我迅速叫学生开四逆散加颈三药、腰三药。

柴胡 5 克，白芍 10 克，枳壳 10 克，炙甘草 5 克，葛根 15 克，丹参 10 克，川芎 5 克，杜仲 20 克，枸杞子 15 克，巴戟天 10 克。3 剂。

同时吩咐她日行万步。

她问，怎么这么快就看好病了？

我笑着说，一分钟常常能终结你数年的烦恼，只要你转变了观念，人不是病了才爱动，而是因为不爱动了才病。

结果她药吃完，高高兴兴地带着家人来看病，笑着说，正如你所讲，腰酸背痛好多了。

我对学生说，你们不要小看这三组药阵搭配。

有腰三药在下面填补腰肾，使元气发源有根。

有四逆散在中间条达疏送，使元气运行无障碍。

有颈三药宣发于上焦，使元气能够通达各个需要的地方。

我利用这个普通的搭配，在巡回义诊过程中，解除了大量病苦。

39.
抑郁轻生

有人问我，为什么不到大城市去，发展的空间更大？

我笑着说，老师父讲，贪名必死，好利必亡。虾子永远不知道当它大红之日，正是它大悲之时。

庄子曾经感叹地说，牛是喜欢被放在祭台桌上供奉，还是喜欢清闲地摆首在鱼塘水草间？

一个广州患者，搞电脑设计，事业蒸蒸日上，人就像上紧的发条一样松不下来，结果得了严重的焦虑抑郁症。

他苦着脸说很害怕，常常有看到楼就想跳的感觉。

中医学认为，细胞在没能量的时候，会自动凋亡。

人在透支到极致的时候，轻生自绝的念头会频繁闪现。

这叫气少则病，气绝则亡，不可不思，不可不慎啊！

我很快叫学生开四逆散加颈三药、党参、黄芪。

柴胡 5 克，白芍 10 克，枳壳 10 克，炙甘草 5 克，葛根 25 克，丹参 20 克，川芎 5 克，党参 20 克，黄芪 50 克。7 剂。

半个月后，患者高兴地从广州打电话来说，以前睡不到一两个小时就醒过来，现在能睡四五个小时了，那种可怕的轻生念头不再出现。

我听后高兴地说，中医治疗焦虑抑郁也是一绝啊！它的理论基础就是《黄帝内经》所讲的“膻中者喜乐出焉”。

人快不快乐，全凭那股气。

你看人劳累后，脸上都笑不起来了。

一旦补足气，笑得像朵花。

向日葵没有太阳，它就蔫了。

一旦有阳光，它就心花怒放。

所以治疗顽固焦虑抑郁，怎么能少得了补气升阳，疏肝解郁呢？

40.
尿频

中老年人最苦闷的是尿频尿急，一个晚上起夜很累。

有的人说是肾虚，有的人说是前列腺炎。

我说，要因人而异。

凡劳累气虚尿频加重者，要用补中益气汤加牛大力、金樱子。

我用这个思路治好的尿频急患者非常多，基本上十拿九稳。

但还有一种尿频是因为着急焦虑加重的。

俗话说，人一着急就尿急。

方叔就是这个样子，他从镇上赶来说，广州大医院我也去治过，也没有治好。

我知道前车之鉴很重要,《素书》上讲,与覆车同轨者倾。

我看之前的医生都是用补肾的药,便想,不如换个思路,疏肝缓急、升阳补肾吧!

于是我很快叫学生开出四逆散加颈三药、牛大力、金樱子。

柴胡5克,白芍10克,枳壳10克,炙甘草5克,葛根15克,丹参10克,川芎5克,牛大力20克,金樱子10克。3剂。

并且我郑重地嘱咐他,人贵语迟、静水流深的道理。

我知道凡是着急加重的病,除了吃饭慢点,走路慢点,讲话慢点外,没有比这更重要的了。

做到这三点,你就是养生大家。

结果我在某天下午出坡时遇上他。

方叔买了一大盒饭递过来说,我吃你药第一天尿急就减少,三剂下来基本没夜尿,我要让孩子跟你学医,拜你为师可以吗?怎么这么便宜的药能有这么好效果?

我笑着说,这时代已经不缺乏药了,缺乏的是会用药的人。

所以培养乡村中医是大势所趋,势在必行。

41. 情绪胃

点一盏明灯，燃希望之火，照亮黑暗的每一个角落，远离迷茫，解开疑惑，海天任遨游……

这首燃灯之歌，经常回响在我的耳旁，是许多香客到寺院燃灯祈福的时候，最喜欢听到的。

我觉得巡回义诊的目的，并不在于治好多少病，而在于能不能点燃大众的心灯。

有个小伙子从三十公里以外赶过来，想治治病。

他的胃常感到不舒服。

我一切脉说，这明显就是情绪胃，纠结出来的。

年轻人要有勇往直前的拼劲，纠纠结结会让你容易生病。

国医大师熊继柏常讲，治病如理乱丝，用药如解死结。

所以我很快叫学生开四逆散加颈三药、胸三药。

柴胡5克，白芍10克，枳壳10克，炙甘草5克，葛根15克，丹参10克，川芎5克，桔梗5克，木香5克。3剂。

他见我不到一分钟就把病看好，纠结地问，我这么远来，能不能看久点。

我说，美国过来的也是这时间，在效率高的人手中，是绝不会拖拖拉拉的。

结果他再来复诊时，愁容已经换成欢喜的容颜，说，这胃好多了，如果也能像你这样学医，帮人多好啊！

我笑着说，怎么不可能呢？

我将提出一个“义医培训计划”，只要有一定文化功底，加上有发心，就能迅速成为一名义医。

如果把文化知识比喻成为蜡油，那这一颗义诊的心就是蜡心。

如果没有了蜡心，再多的蜡油也点不着。

如果只有蜡心，没有蜡油，也很难燃烧得长久。

42.
胃胀痛

有人说，人在江湖身不由己。

外环境真的难以改变吗？

我觉得不是外环境障碍我们，而是我们对环境的错误看法和心态障碍我们。

在镇上大马路边有家餐馆，里面有个老板隔三岔五就胃痛。

他说，只要听说谁会治胃，就去吃他的胃药，都是好不到两三天，听说您切脉很准，在镇上口碑不错，特来找您。

我漫不经心地说，治疗胃病，我已经不感兴趣了，因为它简单到不能再简单了。

当时一个建筑商七年胃病，胃胀，胃痛，遍访珠三角名医乏效，我只给他开了七剂胃药加上十个字，他多年的胃病就好了。

餐馆老板着急地问，是什么胃药，哪十个字？

我很快叫学生开出四逆散加颈三药、胸三药。

柴胡 5 克，白芍 10 克，枳壳 10 克，炙甘草 5 克，葛根 15 克，丹参 10 克，川芎 5 克，桔梗 5 克，木香 5 克。3 剂。

他惊讶地说，这些药我都吃过啊！

我很快把养胃五点十个字告诉他。

少点。

慢点。

淡点。

软点。

暖点。

我在大学里讲养生课，用这十个字可以讲一天。

我告诉你，胃病从来都不是少吃药得的，而是你从来不懂得如何使用胃。

这十个字是养胃五点，是胃的使用手册。

后来我路过他的餐馆，他高兴地叫住我说，我胃病好了，请您吃个饭吧？

您的一席话让我茅塞顿开，不是山珍海味、酒桌应酬伤了胃，而是你的随便贪嘴，不懂节制伤了胃。

所以治标的胃药在药房，治本的胃药在你自己身上。

43.
厌食

常听人叹息，我病得都没力气干活。

我总是劝他们，力量越用越出，精神越苦越明，人越不付出用力，他就越病。

有个在顺德做批发生意的老板，他吃尽山珍海味，现在吃东西却味同嚼蜡，得了严重的厌食症。

每到吃饭时间，别人欢喜他忧愁，美食当前，索然无味。

常言道，人生最痛苦的两件事，没钱的时候想吃大餐，埋单不起，有钱的时候开大餐，身体又消受不起。

我笑笑说，不如没钱时想到以前更苦的日子，知足常乐；有钱后多利他布施，独乐乐，不如与众乐乐。

我很快叫学生开出四逆散加颈三药加焦三仙。

柴胡 5 克，白芍 10 克，枳壳 10 克，炙甘草 5 克，葛根 15 克，丹参 10 克，川芎 5 克，炒神曲 20 克，炒麦芽 20 克，炒山楂 20 克。5 剂。

同时我嘱咐他日行万步，少坐沙发，老板有老板病，不是坐车就是坐沙发开会。

人不是病死的，而是坐死的，坐死，走活，睡神经。

结果才一周不到，他的厌食胃胀就好了。

他疑惑地问，为什么其他医生的药没有您这好？

我说，你如果不动起来，谁的药都不好。

我在山林班里，用这首座右铭唤醒了大量患者的运动细胞，动一动，少生一病痛，懒一懒，多喝药一碗。

人生在世，活动活动，要活就要动。

现代科学也研究发现，人呆坐超过半个小时以上，就会让血液变浓稠，流速变缓。

所以谁不警惕他身边这个久坐杀手，等待他的将是医院和症状。

44.
严重颈椎病

扁鹊有个非常出名的六不治。

其中有一条是轻生重财者不治。

这句话讲出了两千年后的今天，这个经济时代死亡的重要原因。

老板猝死，经理中风，主管心梗，一个个英年早逝的例子层出不穷。

原因只有一个——轻生重财者不治。

不是疾病可怕，对身体轻视，不去呵护，才是最可怕的。

市里有个司机，他得了严重的颈椎病，颈僵到头都难以转动过来。

我看后说，少跑夜车，九点前就要睡觉。

他问，睡不着怎么办?

我说，睡觉也是一门学问和功夫，需要去练习，不是累了困了才去睡，而是时间到了就要去睡。

我很快给他开了四逆散加颈三药、腰三药。

柴胡5克，白芍10克，枳壳10克，炙甘草5克，葛根30克，丹参20克，川芎5克，杜仲15克，枸杞子15克，巴戟天10克。5剂。

我笑着说，没睡好觉的士兵没有战斗力，不能把疾病赶跑。

他听后若有所思。

医生有时要用振聋发聩的言语，才能转变患者的观念，从而好医治他的身子。

半个月后，他从市里提一大袋苹果过来说，这是我这么多年来吃过的最有效的治颈药，你看我现在的颈没问题了。

可见世上没有治不好的颈椎病，只有没休息好的人。

45. 颈僵反酸

我喜欢清闲，品茶爱田园，雅趣好自然，卜居必临泉，蛟龙无定窟，长鹰翔苍天，古来达士志，不受外物牵。

我觉得现在人之所以多病，是离大自然越来越远了，他们已经感受不到泥土的气息，日月的升降，草木的芬芳。

广州有个电器商，经常反酸头晕。

我说，你的脉象弦硬，身体肥胖，还有肝包油、颈椎病。

他叹口气说，在外面拼搏赚到了钱，也赚到了一身病，我开车回老家，同学聚会，我比他们有钱，但我比他们更老、更累。

我说，你这是离地生活太久，要过田园生活，身体是社会的，但也是自然的。

我只给他开了四逆散加颈三药、石菖蒲、郁金。

柴胡5克，白芍10克，枳壳10克，炙甘草5克，葛根30克，丹参20克，川芎5克，石菖蒲5克，郁金5克。5剂。

半个月后，他提来一箱牛奶，说准备出广州了。

我看他笑容满面，就知道他有大转变。

果然他高昂地说，这次回老家住得我都不想走，我这几天好像把这些年缺的睡眠补回来了，吃你第一剂药就不头晕反酸了，现在走路像年轻的小伙子，原来回归山林田园，是对身体最大的充电，难怪英国人讲，英国贵族的灵魂都在乡村，赚钱赚再多都是有价的，回归山林生活是无价的。

有人说，身不由己，归不了啊！

自是不归归便得。

故乡风月有谁争。

人如果长期压抑这种回归自然的渴望，它就会以病理的形式表现出来，所以我办山林班农场的目的也在这里。

46.
胆心病

畏寒时欲夏，苦热复思冬。

妄想能消灭，安身处处同。

草食胜空腹，茅堂过露居。

人生解知足，烦恼一时除。

这首小诗真悟透，可以带来健康的喜悦，长寿的秘诀。

饼干厂一个老板，常年心慌气短，我一切他脉说，你这不是心脏的问题，是胆胃不降。

他惊讶地问，你怎么知道我的胆刚做完手术不久？

我说，你还睡不好觉，长期口苦咽干。

他频频点头。

我说，有两种人身体差，一种是欲望大身体差，一种是脾气大身体差。

我估计你两种都有，现在人大多数是这样，旧房子想换新房子，旧车要换新车，小楼要换大楼，不知道我们需要的不多，想要的太多。

当你的精气神跟不上你欲望的速度时，你就开始疲劳、冒火，产生亚健康。

当你的精气神严重跟不上你的欲望时，癌瘤、心梗就来敲门了。

我很快叫学生开出四逆散加颈三药、胸三药。

柴胡5克，白芍10克，枳壳10克，炙甘草5克，葛根15克，丹参10克，川芎5克，桔梗5克，木香5克。5剂。

如果让你选择，你会选择多欲多病，还是寡欲少疾呢?

这老板比较有文化，他一听就笑了。

患者只要会心一笑，我就知道病僵苦索已解开了。

一个月后老板开小车给我送来两箱饼干，并且带他的孩子来看病。

他认真地说，您那药管用，您那话更管用，我也想明白了，唯一能传给孩子的，不是金钱房宅，而是面对生活的勇气和智慧。

我开心地说，看来商场的老板也上升到哲学家的段位了。

人只要淡泊寡欲，就能迸发出意想不到的奇迹。

47.

腹胀

患者最常问的一句话是，我这病究竟是什么原因？

当我把原因讲出来时，不单患者会吃惊，连学生都会震惊。

中医是对因治疗，你找不到这个因，就治不了这个病。

一个小学老师，经常小肚子胀。

我看她走路进来时，身体前倾，背略弯，便晓得她有肝郁，颈不条达。

我一切脉就叫学生开四逆散加颈三药、腹三药。

柴胡 5 克，白芍 10 克，枳壳 10 克，炙甘草 5 克，葛根 15 克，丹参 10 克，川芎 5 克，小茴香 5 克，厚朴 5 克，苍术 5 克。3 剂。

这老师惊讶地问，我还没讲完呢？

我说，你不需要讲完，只需要按我说的去做，你的身体就会好。

古人讲，坐如钟石不动，行如水平不流，上贵之相也。

很多人不知道我为何如此常用四逆散和颈三药。

我可以认真地告诉大家，我们这时代，行得端坐得正的人太少了。

所以不是胸部压抑，就是颈部压迫，所以绝大多数人吃了我的药后都睡眠变好，病痛减轻。

结果这老师再来复诊时，带来其他老师说，吃第一剂药肚子就不胀了，觉得人很轻松。

我说，一个人行住坐卧四威仪很重要，如果坐不正，气脉就会压迫，气脉压迫，各种不适就会随之而来，可怕的并不是这些不适感，而是你从来都没调整过你的坐姿和步态。

《弟子规》讲，步从容，立端正，揖深圆，拜恭敬。

大家别小看这八个字，在我看来这就是修身法宝，身体使用手册。

可见无规矩不成方圆，没有行端坐直的习惯，也很难有健康快乐之感。

48.
严重失眠

有人说，中医好西医不好，或者西医好中医不好。

其实愚者怪境缘，智者责内心。

有位宵夜店的厨师，常年失眠难以入睡，近乎崩溃的状态，安眠药只能管一两个小时。

我说，失眠在我这里是很简单的事。

他惊讶地说，怎么可能，我都快被折腾得丢掉工作了，睡不着觉就没劲，炒的菜都不好吃。

我很快叫学生开四逆散加颈三药、胸三药。

柴胡 5 克，白芍 10 克，枳壳 10 克，炙甘草 5 克，葛根 15 克，丹参 10 克，川芎 5 克，桔梗 5 克，木香 5 克。5 剂。

并且郑重地交代他，下午必须去赤脚徒步。

他第二次来复诊时说，果然睡眠好多了，但晚上还是容易被大马路上的车吵醒。

我说，确实环境会影响人，但人也能适应环境。

我给他讲了一段《厌喧求静文》。

有习静者，独居一室，稍有人声，便以为碍，夫人声可禁也，鸦雀躁于庭则如之何？鸦雀可驱也，虎豹啸于林则如之何？虎豹犹可使猎人捕之也，风响水流、雷轰雨骤则如之何？

故曰，愚人除境不除心，智者除心不除境。欲除境而境卒不可除，则道终不可得矣！

所以我常同患者说，境缘无美丑，美丑起于心。

你看那些在各种逆境困苦疾恶中能挺过来，并且活得绘声绘色的人，他们无一不擅长反求诸己，调整内心。

如果中医养生没有这点灵魂加进去，就不是真正高级的养生。

49. 肝癌

有人问，为何你治病可以谈笑风生，心胸坦荡荡？

我反问，难道非得板着脸，像苦大仇深那样才叫医生吗？

有人打仗面目狰狞，有人谈笑间却已灰飞烟灭。

这是因为把握住了局势。

按照《阴符经》所说，动其机，万化安。

山村里有个老阿婆，查知是肝癌。

医生说，难活过半年。

家里人纷纷从外地赶回来，十分害怕。

我说，医生畏因，患者畏果。癌瘤绝症都不是最可怕的。

死亡有五大因素，你如果远离这五大因素，即便是癌瘤也可以带病活到百岁。

如果你不能与这五大因素绝交，那么即便你没有什么大病，也很难活到高寿。

他们惊讶地说，是哪五大因素？

我逐一解说道，死亡五大因素。

一贪嘴。

二懒动。

三睡眠差。

四脾气大。

五环境污染重。

随后我只给她开了四逆散加颈三药、四君子汤。

柴胡 5 克，白芍 10 克，枳壳 10 克，炙甘草 5 克，葛根 15 克，丹参 10 克，川芎 5 克，党参 5 克，白术 10 克，茯苓 10 克。5 剂。

我交代老阿婆每个月可以抓一两次药来吃。

结果老人家活了两年多都没事。

从此我发现，中医治癌不是赶尽杀绝，而是带病延年与癌共存。

如果你能够远离这死亡的五大因素，癌瘤基本上很难有爆发的机会。

这五大因素才是癌瘤的导火线，掐断了这导火线，你还怕这炸弹会爆吗？

50. 压抑

所谓人生不如意者十之八九，可与人言者百无一二。

常有人问我，你为什么那么好用喜用四逆散？

我笑着说，因为世人不是烦恼障，就是所知障。

失败了郁闷，成功了也不开心，只要七情六欲波澜搅动，四逆散就大有用处。

所以古人讲，四逆散专治七情翻。

问世间有谁可以每天不用七情翻滚，只要是人就会有情绪。

镇上一个做过沙煲粥的老板，因为做失败了，欠了一笔账，还染上一身病。

他感叹福无双至，祸不单行。

我一看就知道他是忧郁之人，财神爷喜欢两个地方，一个是干净的地方，第二个是有笑脸的地方。

所以失败有失败的原因，成功有成功的秘诀，世上没有无缘无故的成败。

我笑着说，花开花谢，时去时来。福方慰眼，祸已成胎。得何足慕，失何足哀。得失在彼，任凭天裁。

我觉得做人，要在因上努力，在果上随缘。

就像古人讲的，但问耕耘，不问收获。

他听得似懂非懂。

我说，先把你的郁结解开，颈背放松吧！

我很快叫学生开四逆散加颈三药、背三药。

柴胡 5 克，白芍 10 克，枳壳 10 克，炙甘草 5 克，葛根 15 克，丹参 10 克，川芎 5 克，羌活 5 克，姜黄 5 克，威灵仙 5 克。3 剂。

人背负的压力太大，身体会很差。

所以我崇尚万病先解压论，喜用四逆散，将四面八方逆向身体的压力疏散开来。

他再来复诊时，脸上紧皱的愁颜就散开来了，带着难得一见的信心说，医生，我想通了，我还要再去创业，倒下去不可怕，不立刻站起来才是可怕的。

原来四逆散可以给人站起来的力量。

51. 小儿多动

儿童医院越建越多，小孩子的问题只增不减。

我认为最会处理问题的人，并不是拼命去解除问题，而是在根源上减少问题的发生。

这是中医最高明的治未病思想。

我在村里义诊，之所以深得大众敬仰，是因为不经意间把他们孩子的一些难题解决了。

有个小孩得了小儿多动症，一天到晚跳上跳下，连玩手机都是走着玩，晚上常要躁扰到深夜。

孩子的父亲找了几家儿童医院都没办法，他慕名找到我。

我笑着说，小问题，有方法了，大问题也是小问题。

没方法了，小问题也是大问题。

我说，孩子浮躁的三大幕后原因。

一是零食。

二是手机。

三是电视。

零食偏热性燥性的多，手机电视又属火，这几个一叠加，熊熊烈火就没完没了。

小儿多动，他也是身不由己啊！

家长恍然大悟。

我很快叫学生开出四逆散加颈三药、焦三仙。

柴胡 5 克，白芍 10 克，枳壳 5 克，炙甘草 5 克，葛根 15 克，丹参 10 克，川芎 3 克，炒神曲 5 克，炒麦芽 5 克，炒山楂 5 克。5 剂。

同时嘱咐他对父母带孩子去赤脚接地气。

我深有体会，每当孩子焦急紧张，肝木当令时，鞋一脱，脚和土地亲密接触后，心神渐渐放松平和下来。

这是我上午做医生、作家，下午做农民、工人的秘密所在。

因为有这个切换，我才有源源不断的动力与精神。

所以一赤脚，土气当令，甘能缓急。

不到半个月，他的父母给我们送来很多纸笔，高兴地说，孩子躁动不安的情况大减。

可见世间无难治之病，只有不得法的医生。

52.

顽固失眠

患者肯练功，医生很轻松。

我发现很多疑难杂病，以其说是我妙手回春治好的，倒不如说是患者勤修苦练，积极练功治好的。

有位茶叶店的妇女，常年失眠睡不深，她到省里的医院拿了药都没办法解决。

我切她的脉弦硬带数，很有信心地说，你的性格太固执刚强。

《道德经》讲，柔和者，有无限生机，刚强者死路一条。

所以我非常喜用好用四逆散。

因为它能令刚强化为调和，周围人莫不惊讶，为什么你只见她一面，就对她的性格了知得如此详细？

我迅速叫学生开了四逆散加颈三药、胸三药。

柴胡5克，白芍10克，枳壳10克，炙甘草5克，葛根15克，丹参10克，川芎5克，桔梗5克，木香5克。3剂。

世人都有一个特点，那就是尊敬佩服有才能的人。

我充分利用这一心理，每言必中其病，这样他们对我所说的只有深信不疑，言听计从。

这也是为何我开这么普通的药却有强大效果的原因所在。

我只叫她晚上吃素七分饱，下午赤脚走一小时。

十天后，她送来三大包茶叶，喜悦地说道，我真不知如何感谢你。

这几天我天天睡好觉，感觉到前所未有的舒服。

我说，你应该感谢你自己，如非日行万步路，夜吃七分饱，你不会好得这么快速彻底。

53.
奇难胃痛

毛泽东少年时就有五奇。

他说，要立奇志，交奇友，读奇书，创奇业，做个奇男子。

我深受这段话的启发。

在广州中医药大学读书期间，我便大量复印奇书古籍。

舍友惊讶地问，这样搬书做个书虫有用吗?

我笑着说，唯天下之至拙，可破天下之至巧。往往最笨的方法就是最好的方法。

有一个胃胀痛的患者，他是某一商会的会长，铺天盖地地应酬，使他看到食物就摇头，每天与胃药打交道，人变得很容易衰老。

他抱着试一试的心态慕名前来。

我切其脉，果然双关郁滞，中焦堵得严严实实。

不用他开口，我直说，你胆胃不降，肝气郁结，胸胁苦满，夜难入睡。

他点头说，就是这些问题。

我说，这些都是小菜一碟。

说完，我便讲出养胃五点，并且附加一点，吃饭前后一小时，最好少说话，不说话。

没有人知道这句话，对于严重胃病的人来说是多么重要。

这不是我发明的，是我在一部古籍奇书中读到的。

我很快叫学生给他开四逆散加胸三药、肝三药。

柴胡5克，白芍10克，枳壳10克，炙甘草5克，桔梗5克，木香5克，香附5克，郁金5克。5剂。

谁也想不到，不用10块钱的三剂药，就解决了他多年的胃胀痛。

会长笑着说，我虽然做不到饭前后止语一小时，但我已经尽量少说话了。

我哈哈笑说，少做的少得，多做的多得，做得越彻底，摆脱这胃病就越彻底。

54. 糜烂性胃炎

许多人追问，为何要食不言，而且要这么严格执行食不言？

对于身体强壮的人来说，他可能没什么体会。

对于体弱多病的人而言，这简直是一道保命符。

潮州一个医生严重胃痛，自己一做检查发现是糜烂性胃炎，而且胃多处溃疡。

当他找到我时，说，我关注中医普及学堂微信公众号有一段时间了，深受其益，但我的胃病始终不能除去。

我切完脉后说，你这不是普通胃病，而是着急胃，肝脉弦急有力，人一着急，就好像肝打了胃一个巴掌。

你想象一下，人心急火燎地吃饭，他的脾胃会扭曲成什么样子？

这位潮州同行猛点头说，我就是一紧张着急激动胃就更痛。

我很快叫学生开四逆散加香附、川芎、陈皮。

柴胡 5 克，白芍 10 克，枳壳 10 克，炙甘草 5 克，香附 5 克，川芎 5 克，陈皮 5 克。3 剂。

他看了后说，这些药我好像都吃过啊！

我笑着说，木克土，胃发堵，饮食不化就胀肚，再好药物也是毒物。

明白这段养生的教言，你再吃药有意想不到的效果。

他会心一笑说，你这是叫我吃饭放慢点，着急不吃饭。

我哈哈笑说，跟悟性高的人交流，真是点头知尾，不谋而合。

后来他给我带来两盒凤凰山单枞，乃潮州名茶特产，非常高兴地说，我的胃好多了，从你这里我知道如何跟胃和谐相处。

可见天下没有难医的胃病，只有不会使用胃的人。

55.
顽固背痛

《草药总纲口诀》：辛香定痛驱寒湿，甘甜生肌补益用。苦寒清凉消炎热，涩酸收敛涤污脓。

如果可以读懂这首总纲口诀，临床治病用药，相当轻松明了。

我可以用这首口诀解决常见病疑难病。

比如风湿关节痛，我用辛香的山苍、紫苏、金不换、樟树枝等煎水熏洗，寒除痛愈。

有一个肩背痛的装修工，他经常要仰头保持一个动作，长久局部紧张劳损，经常晚上痛得睡不着，时常晚上要用热水器，把水温开，大冲刷肩背好久，才会放松舒服。

这明显就是血脉闭阻。

《黄帝内经》讲，凡血气遇寒则凝，得温则行。

说白了，就是物理学上热胀冷缩的原理。

于是我很快叫学生开四逆散加颈三药、背三药。

柴胡5克，白芍10克，枳壳10克，炙甘草5克，葛根25克，丹参20克，川芎5克，羌活5克，姜黄5克，威灵仙5克。5剂。

四逆散能缓解他胸胁部的紧张压迫。

颈三药能松开他的颈僵。

而背三药能很轻松祛除他的背部寒湿。

威灵仙、羌活、姜黄，这三味药都是辛香走窜的风药。

辛香定痛驱寒湿，这些风药能祛痛，驱除寒湿。

一周后，他带来其他工友，欢喜地说，我的背痛好多了，晚上睡觉不再痛醒。

我哈哈笑说，古人所说的口诀，可不是一句值千金，而是字字值千金。

可见读书须用意，字字值千金。

56.
失眠健忘

有人说，这个偏方不太管用。

又有人说，这招练功不太适合我。

我常对他们说，一个好的生活方式常常比千个偏方验方，万个招式动作更管用。

村里一个阿叔常头痛健忘，晚上难以入睡。

他听到哪里有好医生、好偏方，就前往请教讨回来吃，头痛失眠却没能得到改善。

结果他找到了我。

我见他拿着一个精致的手机，不问他病情，先问他生活习性，你晚上玩手机到几点？

他答，十二点。

我笑着说，不用医了。

他惊讶地问，为什么？

当今时代手机病越来越多，比如头晕、失眠，颈椎病，视力减退，腰酸背痛，厌食，便秘，这些都与沉迷手机不能自拔分不开关系。

就像你掉在水中，不肯把身上的一切物品放下，谁都救你不上来。

执着越多，下沉得越快。

病起于手机者要抛掉手机，那么就有得治。

他求医问药多年，从未听医生这么讲过。

我给他开了简单的四逆散合颈三药。

柴胡 5 克，白芍 10 克，枳壳 10 克，炙甘草 5 克，葛根 15 克，丹参 10 克，川芎 5 克。5 剂。

并且我嘱咐他，不像戒鸦片一样戒掉手机，吃药无功。

想要病好，必须拿出毒蛇咬手指，壮士断手臂的勇气，当断不断，反受其乱。

几天后，我晚上漫步这田园村寨，见一个人在树下纳凉，他热情地叫住了我。

他高兴地说，医生啊，太感谢你了，自从吃了你的药，我的睡眠前所未有地好，我现在也没有再玩手机了。

可见世间少有难治的病，只有难断的恶习，敢于舍掉恶习，你才能获得健康。

57. 食积咳嗽

田地里不长庄稼就长杂草。

孩子不长善，就会杂恶。

常有人愁眉苦脸地问，为何我这么多烦恼疾病?

我笑着说，你只关注疾病烦恼，为何不关注健康养生?

与其哀叹田地里杂草多，不如赶快动手将庄稼种好。

关注疾病，不如关注健康。

摩托车店一个小孩子，晚上常咳嗽，治了个把月都治不好。

我切其脉说，孩子，肚子里有积啊!

饱食伤脾土，土虚不生金，咳嗽不止。

我很快叫学生开四逆散加四君子加胸三药。

柴胡5克，白芍5克，枳壳5克，炙甘草3克，党参5克，白术5克，茯苓5克，桔梗5克，木香5克。3剂。

我深知孙思邈的养生诀窍，夜饭莫叫饱，定能至高寿。

孩子的父母恍然大悟说，就怕孩子晚上饿着，晚上给他喂得好饱。

我哈哈笑说，一种好的饮食方式，常常比十剂良药更好使。

结果药还没吃完，孩子就不咳嗽了。

平常人都会惊讶这汤药的神奇，但我却认为这是七分饱创造的奇迹。

七分饱胜调脾剂，这是最为经典的要义。

现在的孩子有五大病根，这是可以残害孩子的五大杀手。

吃太饱。

动太少。

太吵闹。

不睡觉。

滥吃药。

一个家庭中不管是谁犯了这五条，整个家庭的健康系数都会下掉。

父母爱吵闹，应酬多，不睡觉，孩子身体也会不好，这叫同气连枝，一荣俱荣，一损俱损。

可见与其焦虑地担忧疾病，不如迅速地建立健康的生活方式。

不是路上荆棘多，而是你不敢去走。

58.
眼花

孩子的父母常常焦虑地说，为何我拿孩子没办法，孩子沉迷手机不能自拔。

我说，在经典上，一切众生从无始劫以来为物所转，若能转物，则同如来。

孩子之所以会沉迷手机，是因为他没有远大志向。

人要是没有目标，就不会有计划，没有计划，就不会有自制力。没有自制力，他的生活将一塌糊涂，对各种恶习是没有免疫力的。

幼儿园的一个老师，她没办法管教自己的孩子，孩子一玩手机就啥事不理。

客家有句俗话说，爹叫不动你，娘叫不动你，疾病就叫得动你。

直到这娃子眼睛看花了，四处求医无效，孩子才放弃手机和电脑。

这老师找到我时，我知道她是文化人，也教过“三百千”。

我便随口说道，《千字文》曰，性静情逸，心动神疲，守真志满，逐物意移。

一个人安静了，情志就会条达。

心动了，跟着手机、电视跑，神志就会很疲劳，守住胸中一口真气，志气就会满壮。

总追逐外在物欲，你的心意识就静不下来，容易得各种病。

我不怕得罪患者，直言不讳地说，小娃子，你不跟手机绝交，你就准备做瞎子吧！

很快我叫学生开四逆散加枸杞子、菊花。

柴胡5克，白芍5克，枳壳5克，炙甘草3克，枸杞子15克，菊花5克。7剂。

现在孩子都是欺软怕硬，你苦口婆心劝他，他都当耳旁风，你漠不关心地呵斥，他常常听到心里去。

后来，这老师高兴地跟我讲，能否请您去学校给学生们上课，我讲的千句话，也比不过你讲的一句话，我那孩子手机放下，眼睛也好了，可见好言不需多。

59.
反复头痛

有一种说法叫头痛医头，脚痛医脚。

这是形容做事情别只看表象，而要看实质。

所以古代精通医术的人，必定精通哲学。

有一个头痛的患者，他的头痛时好时差，严重时寝食难安，像火山爆发那样，平时却像休眠的火山相安无事。

我一听到这种情况，便心知肚明。

凡碰到这种潮起潮落的疾病，一定要调他的肝脏和情绪。

因为人的情绪就是波澜起伏，潮起潮落。

同时我切其脉后说，你的胃也有问题。

他猛点头说，对对，稍不注意就胃胀胃痛。

我哈哈笑说，《黄帝内经》说，头痛耳鸣，九窍不利，肠胃所生也。

只要把他的肠胃和肝胆调好，头痛、耳鸣肯定减轻。

我很快叫学生开四逆散加颈三药、四君子汤。

柴胡 5 克，白芍 10 克，枳壳 10 克，炙甘草 5 克，葛根 15 克，丹参 10 克，川芎 5 克，党参 5 克，白术 10 克，茯苓 10 克。5 剂。

同时我交代他晚上必须早睡，一个人晚上睡眠不好，肾封藏不好，脑汁就会减少。

古人说，一觉闲眠百病消。

当你治病一头雾水时，不妨用药，帮患者调得吃香睡沉。

半个月后，患者激动地前来说，我的头痛好了，吃你的药睡眠质量非常好。

可见看似疑难的病，我们只要把握住五脏辨证，治疗起来远远没有想象中那么难。

60.
长期失眠

今天，中国的影响力无处不在，而中医也逐渐走向世界。

有人担忧地问，你把这些好的经验公布出来后，难道不怕被国外窃取去吗？

我哈哈笑说，古代的中医叫汉唐中医，那时有万国来朝的气象，中国人从来都是欢迎世界各民族前来取经的。

所以我认为中医是中国的，也是世界的。

深圳有个药商失眠多年，他慕名找来。

我切其脉说，你这是肝郁，脉弦硬，脑子静不下来。

他既惊讶又佩服地说，就是为这个问题而来。

我说，你自己搞药的，肯定有很多途径治好你的病啊！

他说，我试过了，不知花了多少钱，也没有解决问题。

我哈哈笑说，碰到这种问题，不需要花千花万，只需几块钱就可以解决问题。

他眼神里充满难以置信。

结果我只给他开四逆散加颠倒木金丸、丹参、石菖蒲。

柴胡 5 克，白芍 10 克，枳壳 10 克，炙甘草 5 克，木香 5 克，郁金 5 克，丹参 10 克，石菖蒲 5 克。3 剂。

我们普宁五经富这边是广东省的药材之都，中草药超级便宜，三剂药常常只需要五块七块。

当他再找来育英园复诊时，面带笑容地说，从没吃过这么有效又便宜的药。

我吃这药后，觉得胃很舒服，人很放松，觉很好睡。

没错，四逆散让人放松，这正是我喜用的原因，因为这时代太多压力大、精神紧张的人群。

颠倒木金丸，能让胃肠颠倒之气抚平。

丹参、石菖蒲专治诸痛痒疮，皆属于心。

可见用昂贵的药治好病，并不算厉害的中医，能用“简便廉验”的方药，却把病治好，这才是中医。

61. 中风后失音

常言道，自静其心延寿命，无求于物长精神。

常有人问我，这病该怎么治？

我笑笑说，以其求治病之法，不如求长寿之法。

就像读书之时，你想求得及格与求满分所用的策略方法和努力有天壤之别。

所以平常人来找我，想求治病，我一般会鄙视他，因为他所求太少。

如果他想求百岁高寿，那么我会很佩服、敬重他，即便他的身体千疮百孔。

只要有一颗求法，求高寿的心，他都会值得我们敬重。

有个老阿婆中风后手脚不利，言语不清。

她的女儿很孝顺，天天帮她按摩疏通气血。

我一看忠孝之家，天官赐福。

而老人家求生的念头还很强，拄着拐杖都坚持颤颤巍巍地走。

我切其脉后，发现痰阻气滞，就用四逆散行气，二陈汤刮痰，颈三药通督背膀胱经。

柴胡5克，白芍10克，枳壳10克，炙甘草5克，陈皮5克，法半夏10克，茯苓10克，葛根15克，丹参10克，川芎5克。5剂。

我不知道是老人家活下去的勇气，还是药物的神奇。

这药吃完后，她的女儿高兴地来说，医生医生，太感谢您了，我妈妈讲话清楚了，走路没那么抖了，你的功劳不小啊！

医生最喜欢看的，就是患者从病榻上站起来，就像看到茧里的蚕宝宝破茧而出，化蛹为蝶那样。

当一个人能重新获得生机，他会更加珍惜当下的生命，同时也会觉悟，每天的锻炼和饮食有节、心态宽和多么重要。

62.
高血压

我三十岁出头，论资历辈分刚刚算是医门牛犊。

俗话说初生牛犊不怕虎，真正面临难关时确实要拿出不怕的精神。

正所谓母鸡遇雄鹰，威猛如大鹏，信心若怯弱，反被小病欺。

一个母鸡因为照顾小鸡心切，连雄鹰都不怕。

一个医生对待患者，像照顾自己的孩子那样，那么疾病根本不可怕。

没有勇气和担当才是最可怕的。

一个高血压患者，他头晕耳鸣，血压飙升，十分害怕中风。

常规医生很容易把他推到大医院去。

但我认为行医治病，不是踢足球，而是抱橄榄球，必须排除万难，抱到最后。

我很快叫学生开四逆散加颈三药、石菖蒲。

柴胡 5 克，白芍 10 克，枳壳 10 克，炙甘草 5 克，葛根 15 克，丹参 10 克，川芎 5 克，石菖蒲 5 克。5 剂。

并交代他不要吃太饱，太咸，太硬，太冷，太急。

这五太都是伤身体的，一个人从小远离这五太，一生的健康都有保障。

他吃完药后，头不晕耳不鸣，睡眠深沉。

再去量血压，别人大吃一惊问，你的血压是怎么降下来的，吃了什么药？

他也意想不到，就吃了几包中草药，才十几块钱。

这令人难以置信，高血压居然没有用什么降压药，仅仅用到中医的疏通血管，压力就减缓。

我认为人体血管流动着的血液，就像水管流动着的水，当你把水管打折，压力增大，水就会飙射出去。

同时当你血管堵塞，心就会烦躁，压力也会升高。

所以我通过简单的疏通血管，给他解压缓压。

63.
疑难夜咳

人家说，咳嗽难治。

我认为咳嗽不难在用药，难在养生。

何以见得？

古人把肺叫作钟，肺属金，故肺又名金钟。

常锻炼的人，肺活量大，魄力大，肌表密布的金钟罩自然很强大。

古人说，肺为什么会咳？

外感六淫，邪气从外面敲钟钟会响。

内伤饮食情志，从里面敲钟钟也会响。

这就是钟非叩不响理论。

所以治咳嗽你要找出引发咳嗽的幕后操盘手。

这个阿叔连续咳嗽年余，堪称老顽疾。

家里妻子都抱怨连天，晚上经常被他猛烈的咳嗽吵醒。

而他也一筹莫展，屡医屡败，难道屡医屡败就不再医了吗？

我认为，医病要拿出曾公打仗的精神——屡败屡战。

带兵以勇气为第一，治病亦然。

所以我最喜欢听到患者说，我绝不会轻易放弃的。

当他再找到我时，我问他，晚上有吃肉吗？他点头。

中午后有喝茶吗？他点头。

煎炸烧烤有吃吗？他点头。

遇事着急紧张吗？他点头。

熬夜看电视吗？他点头。

我自信地说，你要敢跟这些不良习气说不，你的病就包在我身上。

很快我叫学生开出四逆散加胸三药、杏仁、厚朴、丹参、石菖蒲。

柴胡5克，白芍10克，枳壳10克，炙甘草5克，桔梗5克，木香5克，杏仁5克，丹参5克，石菖蒲5克。3剂。

三天后，他带了一大群三姑六婆叔侄子嫂过来，竖起大拇指说，神医神药，我要送锦旗给你，我一吃那药就不咳了。

可见疑难杂病不要只在药物上死较劲，要从养生上找出路。

64.
头痛鼻炎

记得在大国医里有这样一句话很有启发，所有的秘方都有一个致命的弱点，就是简单，因为简单，所以要保密。

一个药商头痛鼻塞多年，他的药物生意蒸蒸日上，身体健康却每况愈下。

如果做事业与身体健康成反比，那你赶快就要刹车了。

如果不做出调整，你以后即便得到再多，都不够填补疾病这个无底洞。

我知道药商常年舟车劳顿，奔波辛苦。

他说，你尽管开药，我有最好最道地的药材。

我笑着说，恐怕要令你失望了，我开的毛毛草草，大都是药商们不屑以次充好的。

因为常规我的药方，三剂通常都是五块钱七块钱。

我仅想让世人见识到中医的神奇，不仅在它的疗效，更在它的节能绿色环保。

他问，我鼻炎怎么办？

我说，你这是中气不足，疲劳时颈酸头痛鼻炎加重。

他听了直点头。

随后我就开出四逆散加颈三药、黄芪、党参。

柴胡 5 克，白芍 10 克，枳壳 10 克，炙甘草 5 克，葛根 15 克，丹参 10 克，川芎 5 克，黄芪 30 克，党参 20 克。5 剂。

半个月后他驱车兴奋地找来。

我问，怎么复诊姗姗来迟？

他说，效果好得很，我想看吃完药后，可以好多久。想不到到现在颈也不酸，头也不痛，鼻也不塞了。

我这次带朋友来，是想同你合作开发药物，你只出药方，其他的我来做。

我哈哈笑说，恐怕不行，不是我吝啬药方，而是中医向来都是重视开发人，而不是开发药方。

65.
感冒后遗症

中医是一门实践性很强的医学，并且极富有智慧。

古人讲，一个人识文断字方可以学医，穷理通辩方可以学医。

这些条件你具备了，还需要具备一点就是恒。

孔子在《论语》上讲，人而无恒，不可以当医生。

所以我义诊不是一时，而是一生，我不要钱，不是一时不要钱，而是一生不要钱。

我的祠堂、义诊、书院三合一计划，是应时代所需而生，乃开万世太平之举。

所以我的乡村中医培养计划，只有一个条件，不义莫入此门，非诚请走他路。

一个老师教初中，感冒又头痛疲倦，吃了各种抗病毒抗生素药没有治好。

她说，病毒变异太快了。

我说，非也，非也，是你的正气跟不上。

中医学认为，真正的传统中医，不是去治某种病毒或细菌，而是去治疗被病毒细菌感染的人。

中医治的不是人的病，而是病的人。

这样绕口必须有一定脑力的人才听得明。

我开汤方从来都不会刻意地去攻打疾病，而是内壮患者。

我认为血脉四通八达，彪悍的正气自动涌出。

结果我给她开了四逆散加颈三药、玉屏风散。

柴胡 5 克，白芍 10 克，枳壳 10 克，炙甘草 5 克，葛根 15 克，丹参 10 克，川芎 5 克，黄芪 30 克，防风 5 克，白术 5 克。3 剂。

神奇的是，这老师吃第一剂药，头痛颈酸的后遗症就消失了。

她惊呼神药。

我说，没有什么神奇的，我只是听到你身体疲劳了，好比打仗时断粮缺水，这时突然给脏腑细胞送来资粮，这种及时雨的鼓励可想而知。

可见感冒后杂症不断，不需要刻意去杀毒，身体只需要能量、气血和充足的休息。

66.
高血压脚痛

普通人用中医汤方大都是加味，而我用汤方经常减味。

能够用简单平常廉价的药物医好病，那是真正民间中医的追求。

一个老人血压高脚痛。

我看她肥满的样子，马上想起中医一句经典的话，肥人多痰湿，瘦人多虚火。

所以大凡肥人，体胖肥腻，你在用药过程中必须加入芳香行气化湿的药物。

比如藿香、苍术、石菖蒲、陈皮，这些药物既能芳香行气，又能健脾燥湿，乃是舌苔白腻、大腹便便患者的最佳之选。

我说，一生气血压就飙升。

她点头。

我又说，一吃撑血压也飙升。

她又点头。

我当下解释说，前段时间我的自行车前轮不够气，我把它打到十成满，这样骑起来好像很轻松。

但修车师傅说，你这旧胎老化了，只能把气打到七成满。

我不以为意，结果骑到几公里外，前轮就爆胎了，不得不花了几十块钱换了个车胎。

轮胎有得换，人的心脑血管有得换吗？

所以老人爱护自己最重要的是七分饱，别吃撑，因为你的肠胃血管都是老胎了。

我只给她开了四逆散加陈皮。

柴胡 5 克，白芍 10 克，枳壳 10 克，炙甘草 5 克，陈皮 8 克。5 剂。

其实这也是柴胡疏肝散，减去香附、川芎。

她来复诊时，不再横眉怒眼，而是微笑着说，这药吃了人轻松，现在我晚上素食七分饱，血压很平稳，脚也不痛。

可见，谁深谙七分饱之道，谁就是健康的主人。

67.
慢性支气管炎

一般患者来看病时，我都会问，你病多久了？

这很重要，大家不要小看我们中医，常常看似漠不经心地一问，却把患者的病因病机问出来了。

因为中医有句经典的说法，暴病多实，久病多虚。

有个孩子得了慢性支气管炎，老是咳嗽咳痰，个把月都好不了，家里给孩子服用了止咳水、抗生素、祛痰药，结果都不理想，每天还是频繁地咳，周围人都会感到不安。

我看后哈哈笑说，根本不是细菌、病毒，像这种慢性迁延性疾病的发生，根本原因是脾胃虚弱，体质下降，抵抗力不足。

所以我们不能够治他的病菌，而是要医他的体质。

我很快想到中医儿医学上一句最为经典的教言，小儿肝常有余，脾常不足。

这一方面说明小儿容易急躁多动，这是肝风主令。

另一方面小儿很容易吃撑，导致脾胃虚弱无力。

所以我很快叫学生开出四逆散加四君子汤。

柴胡5克，白芍5克，枳壳5克，炙甘草3克，党参5克，白术5克，茯苓5克。3剂。

这么一点药，让人难以置信可以把病治好。

我说，此方健脾行气，宽胸解郁，对于小儿体虚百病有意想不到的效力，还可以加黄芪提高抵抗力。

三剂药吃完，孩子的父母提了两大包茶叶给我，笑着说，你不收红包，他们自家的茶叶一定要收下。

原来孩子一吃完药，咳嗽就停止。

我因此作了一首方歌：久咳四逆四君子，培土生金痰咳止。通宣理肺人舒畅，看来还要强体质。

68.
皮肤瘙痒

中医学有句名言，叫流水不腐，户枢不蠹。

流动的水不会腐臭发霉，常关动的门不会被虫蛀掉。

古人看到这种现象感慨地说，形不动则精不流，精不流则气郁，气郁则百病丛生。

所以善医者，常常不是追着疾病去治，而是调其气机。

有一个在银行做收纳的工作人员，她长期皮肤瘙痒，尤其是紧张、任务重时，抓手手痒，抓脸脸痒，抓背背痒。

刚开始她服用抗过敏药，稍微安住，一停药又反复。

后来她又服用祛湿毒的药物，瘙痒还是没有根除。

我切她的脉，是典型的关脉郁滞，我就想为什么会有这么经典的郁脉？

如非长期生闷气，必是久坐不动。

所以当务之急就是让她的气血动起来。

你看人瘙痒是为什么？

肯定是身体需要，瘙痒也是身体在自救，是血脉不通，或者血液里有杂质，身体自动想要把它挠开。

所以我们要开疏通血气，降解杂质的药物。

我很快叫学生开四逆散加丹参、石菖蒲。

柴胡 5 克，白芍 10 克，枳壳 10 克，炙甘草 5 克，丹参 30 克，石菖蒲 10 克。5 剂。

同时吩咐她能站就少坐，能走就少站，腿脚生风，气血流通，郁脉得解，瘙痒无踪。

原来她就是坐办公室一上午的人，郁脉就是这样坐出来的。

后来她发短信给我说，吃这药后，晚上再没有痒过了。她都怀疑几块钱一剂的中药能将病治好吗？

想不到郁脉一解开，身体就舒服了。

可见四逆散行气，丹参、石菖蒲活血，正如王清任老先生说，周身之气通而不滞，血活而不留瘀，气通血活，何患疾病不愈？

69. 痛风脚肿

有人问，中医能不能治痛风？

痛风痛起来像虎咬狼啃一样，看起来来势汹汹。

我说，看起来很凶猛，常常很快能制服。严重的痛风叫白虎历节风，常人碰到它就像碰到老虎一样。

你如果深谙益气活血、通利关节、清热除湿之法，这匹老虎也不过是纸老虎。

一村民专门贩卖茶叶，长期大量饮茶，利尿伤肾，加上暴饮暴食，使得血液黏稠，关节疼痛。

一到医院，尿酸严重偏高，连脚都微肿，难以行走。

他拿着报告单找到我。

我看了后说，忌嘴赤脚加吃药，很快开出四逆散四妙散加土茯苓、威灵仙。

柴胡5克，白芍20克，枳壳10克，炙甘草5克，苍术8克，黄柏8克，川牛膝15克，薏苡仁30克，土茯苓50克，威灵仙15克。5剂。

我平时很少大剂量用药，但这个痛风来势汹汹，非重剂不足以起沉疴。

正如古人所讲，盘根错节，非斧斤不能。

就是说要破开这种湿热风交缠的顽病，必须用些雷霆手段。

他再来复诊时，不再是一脸无奈、失望、怀疑，而是开心振奋，他说，我吃第一剂药就知吃对了，吃完药后，觉得脚痛脚肿没有了，自己又去买了几剂药吃，再做检查，尿酸居然降到正常。

哈哈！他充满了胜利的微笑。

人一得意忘形就麻烦了，得意之时便生失意之悲。

于是我泼他冷水说，炉烟虽熄，灰中有火，死虎要当生虎打，否则死灰复燃，你就麻烦了。

所以素食赤脚这首主题曲，你要高唱到底啊！

70.
呃逆

俗话说，身边无伟人，近处无美景。

这是习以为常的表现，大家经常相处在一起，渐渐会觉得没有什么了不起。

所以要在家乡行医，要想打开一番局面，需要一套霹雳手段。

而我的霹雳手段，就是诊断快，下药快，吩咐医嘱快，药房捡药快。

有患者问，你为什么不打广告，害得我们找得好苦。

我说，阳春有脚，口碑相告，靠口碑找来的，虔诚恭敬效果好。

这位患者郁闷呃逆反酸眉头紧锁，明显是七情郁结，冲脉不降。

后来才知道她儿子做生意失败了，连她的老本都赔进去。

对于这些愁云惨淡的人解郁当先。

我很快叫学生开出四逆散加黄连、紫苏叶、竹茹、芦根。

柴胡5克，白芍10克，枳壳10克，炙甘草5克，黄连2克，紫苏叶3克，竹茹10克，芦根20克。3剂。

我知道连苏饮，乃治呃逆神方。

四逆散乃治抑郁良剂。

而《病因赋》上说，嗳气皆由于痰火，呃逆者胃气之不降。

竹茹、芦根，乃降胃气消痰火之圣品也。

这样有神方、良剂、圣品强强联合作战，何患呃逆不止。

果然没有超乎我所料，三剂药吃完，患者的呃逆就消失，愁眉转为笑脸。

可见世上不如意事常八九，面对这些不如意，你化解不开就会得病，生意失败算什么，在这世上能活着就不错。

古人讲，宁为太平犬，不为乱世人。

还有什么比战乱中的百姓更糟糕的，能够在这太平盛世里生活就是福了，常思饥寒苦，温饱就是福。

她听后会心一笑。

71.
毁容的青春痘

常言道，做人难，难做人，人难做。

如果你能克服这个难处，幸福健康财富，纷纷都会在你身边。

我觉得人难就难在顺境中不贪着，逆境中不发脾气，我就有这样一个案例，值得大家来学习。

深圳一个小伙子满脸青春痘，都快毁容了，不知道找了多少医生，连妈妈的面膜，阳台的芦荟，都纷纷用上。

为什么小小的问题，却难倒大医生呢？

我认为病是小问题，乱吃东西、乱发脾气是大问题。

我觉得生活条件越好的家庭，疾病越不好治，因为煎炸烧烤、冰冻饮料的诱惑太多了。

所谓冰冻断人种，烧烤毁人容。

如果冰冻烧烤一起上，加上所遇不遂，乱发脾气，面目狰狞，那毁起容来就像箭一样快。

我郑重地说，疑难青春痘想要治。

第一要断零食，煎炸，饮料。

第二要把烦恼发脾气的能量用来跑步锻炼。

我治疗这么多病，发现无一例外地都遵循这个规矩。

病在腿上，死在嘴上。

我给他开的是四逆散加焦三仙、丹参、石菖蒲。

柴胡 5 克，白芍 10 克，枳壳 10 克，炙甘草 5 克，炒山楂 10 克，炒麦芽 20 克，炒神曲 10 克，丹参 30 克，石菖蒲 10 克。7 剂。

两个月后他从深圳赶回家里来祭祖。

我差点认不出来，说，小伙子，是谁帮你换了脸。

他开心地说，我那些同学都想过来找您治青春痘。

我笑着说，要不你以后学医，毕业以后跟我学治青春痘。

这小问题有大市场啊！

一个能够带来焕然一新面容的家伙，你还愁他没有金饭碗吗？

72. 食积面斑

常有人问，为什么你给小孩开的汤药大都是健胃消食行气化积的，怎么感冒、肚子痛、便秘、头痛等小儿常见病汤方都有消食化积药？

我笑着说，这是有传承的，一个师父用保和丸治小儿的二十八种病，得心应手，口碑广传。

他说，小儿百病积为首，无积不生疾。

尤其是我们这个物质丰裕、超市林立、零食遍布的时代，你想要找到一个安心吃粗茶淡饭，不吃垃圾食品的孩子，几乎比登天还难。

一个小孩子面上有暗斑，总是咳嗽不止，孩子的父母已无计可施。

我说，我有妙计，连他病根都端了。

听后孩子的爷爷奶奶眼光都亮了。

我说，真人不说假话，零食养病不养命，孩子吃冷的雪糕，硬的薯条，零食吃到饱。

一个没有主食的孩子，最后肯定会养得像歪瓜裂枣，你回去断了零食，肯定药到病除。

我很快叫学生开出四逆散加焦三仙。

柴胡 5 克，白芍 5 克，枳壳 5 克，炙甘草 5 克，炒山楂 10 克，炒神曲 10 克，炒麦芽 10 克。3 剂。

不知道是我的药物神奇，还是断掉零食的奇迹，小孩子吃起主食来如狼似虎。

我一直坚信这句中医经验，胃口开，健康来。

小儿面上长有暗斑，无非是肚子虫积食停，因为人的头面乃阳明胃肠经所主的地方。

孩子的父母看到效果后，又给孩子抓了 9 剂药吃，随着胃口大开，面上的暗点消无芥蒂。

于是我才领悟到除恶务尽的道理，对付这些乱吃垃圾食品的恶疾，你纵容无异于养痈，你对它不客气，疾病就不敢惹你。

73.
饮冷咳嗽

患者不解地问，为何你常劝小孩子不要吃生冷瓜果，那不是维生素很多吗?

我说，对于脾胃虚冷的娃子来说，那些东西消化不动，维生素再多也不能吸收利用。

每当我看到小儿啃着冷果，舔着雪糕时，便摇头说，爽口味多终作疾，快心事后每为殃。

结果不出我所料，他们不是咳嗽就是捧着肚子厌食挑食。

这个小娃子咳了半个月，还舔着雪糕。

据说现在中医普及教育已经纳入教科书，这是有利于全民健康的好事。

如果你稍微懂得《黄帝内经》这句话——形寒饮冷则伤肺，那么你的咳嗽根本不会没完没了。

所以我洞察病机，便果断地叫孩子父母断掉一切零食，医令如军令，军令如山，令行禁止，言出必践，何患顽疾不除？

我只叫学生开四逆散加四君子汤。

柴胡5克，白芍5克，枳壳5克，炙甘草5克，党参5克，白术5克，茯苓5克。3剂。

才第二天孩子就不咳嗽了。

四逆散有通宣理肺之功，治咳嗽之标。

四君子汤有培土生金之效，医咳嗽之本。

《黄帝内经》讲，标本并治，疗效必速。

《兵法》云，言出必践，出兵必胜。

《医家》言，严格忌口，用药必灵。

所以我对我的汤方极有自信，对我的中医养生更是自信满满。

为何现在很多大医生，却被小儿病难倒？

不是药理不精，而是对饮食起居，养生忌讳，不够严格认真。

连农民都知道嫩苗不耐寒风摧，三月最怕倒春寒的道理。

作为父母医生，为何愚蠢到把雪糕冰饮凉果，这些霜雪往孩子幼苗一样的身上泼呢？

74.
乱吃肚痛

有人问，为何儿科医院越盖越多？

我说，孩子的病越来越多。

又有人问，为何孩子的病越来越多？

我哈哈笑说，懂养孩子的人越来越少。

我讲这句话不是托大，会养孩子的家庭少病儿。

普通人认为是病毒多，懂养生的人却说是你保养不够。

这个小伙子三天两头就叫肚子痛，一拿点药吃，管住几天不痛，没过多久又痛起来。

家里父母总是轮流带孩子去看病，孩子也养得面黄肌瘦。

刚开始我叫孩子吃参苓白术颗粒，管几天又不顶用。

我看孩子舌头淡胖，便说，药是对证的，哪会不顶用，肯定你没注意到身体的保养。

孩子的父母问，该怎么保养？

我说，小孩饮食有一个重要原则，这个原则千金不换。

周围人听了，没有不静下来认真等待的。

我慢悠悠说，小儿饮食，吃热吃软吃少则不病，吃冷吃硬吃多则生病。

你这娃子就喜欢吃煎炸炒，不喜欢吃蒸煮调，碰到好吃的就吃撑，碰到粗茶淡饭就赌气噘嘴。

易反易复，潮涨潮落，所以疾病起起伏伏。

我还是给孩子开了疏肝健脾的药，不外乎四君子、四逆散。

柴胡5克，白芍5克，枳壳5克，炙甘草5克，党参5克，白术5克，茯苓5克。3剂。

我觉得治病要讲缘分，就是医生讲的，患者和家人能够像士兵执行军令那样干脆果断。

那么我治起病来就会如有神助，叹为观止，奇效无比。

结果这小孩子，被妈妈强行断掉零食，剥夺吃煎炸烧烤的权利，病好得像老鼠见到猫那样快，不到一个月面黄肌瘦都转变过来了。

75.
支气管炎

患者问，慢性支气管炎有得治吗？

虽然说空气污染是肺部疾病增多的诱因，但是你的抵抗力下降，才是这种感染性疾病发生的真正原因。

所以我们不只是去灭掉细菌，消除炎症，而是改善肺部气机循环。

我发现长期弯腰驼背坐姿不正的人，肺部压迫弯曲，容易停留细菌病毒。

正如有经验的渔农都知道在急流水中是很难钓到鱼的。

因为鱼都是藏在缓水弯曲处，细菌、病毒也是如此，喜欢藏在这些低头一族、伏案人群的肺中。

这个老人气喘肺咳有好多年。

我说，一不消炎，二不灭菌，只开通宣理肺的药，你吃吃看。

我很快叫学生开了四逆散加胸三药、丹参、石菖蒲。

柴胡5克，白芍10克，枳壳10克，炙甘草5克，桔梗5克，木香5克，丹参10克，石菖蒲5克。3剂。

同时教他行路必须行直气正。

三天后他回来复诊，高兴地说，我的咳嗽气喘怎么一下子停了，你这药神啊！

我看看处方，也是普通的通宣理肺汤药，并没有什么出彩之处。

可见，天下无神奇之法，只有平常之法，平常至极，乃为神奇。

一个人形不正则气脉不正，气脉流通不畅，很快他就会慢慢失去健康。

所以一个人行端坐正也是养生一件，如果忽视这个细节，你千里求万药，万里求名医，又有何益？

76.
痰咳

肺部感染之中最常见的是左边的肺炎，而且痰湿很容易存在那里。

一位营业厅的工作人员，咳痰了大半个月，强大的抗生素消炎药居然没能止住。

她拍了胸片，说是肺部感染，怎么办？

我说，我们中医看问题比较宏观整体，假如你家门前的水沟滋生蚊虫细菌，你是采取喷死杀灭的消毒方法，还是清理水沟，保持沟通渠畅呢？

我估计这个问题，问三岁小孩或八十老翁，他们都会很轻易地把答案告诉你。

没有阴沟积水，就不会有蚊虫细菌。

中医治的是因，阴沟积水是因，蚊虫细菌是果，断了因自然了了果。

所以中医要理气排痰，气滞痰阻才是病菌滋生的温床。

我很快叫学生开四逆散加胸三药、二陈汤。

柴胡5克，白芍10克，枳壳10克，炙甘草5克，桔梗5克，木香5克，法夏10克，陈皮5克，茯苓10克。3剂。

我知道空气流通的地方不臭，空气闷堵的地方就容易腐臭。

患者久坐呼吸都会不够通畅，这叫久坐伤脾，伤肺。

所以我交代他必须带病登山深呼吸，而不是郁闷在家里不活动。

要知道一个没有深呼吸的人，他的健康系数是十分差的。

当你胸肺大气对流不够快意，再好的消炎药抗生素也徒劳。

所以那些常卧床的慢性感染炎症患者，再强大的抗生素也举手投降。

结果他吃完药后痰咳居然消失了。

可见通宣理肺的治法是非常高明的，正如张仲景所讲，大气一转，病邪即散。

我们不担心你肺部病邪多，只看重你胸肺大气转不转。

77. 饱食胃痛

上乘的书法家会惜墨如金。

如一个懂养生的健康人更会惜言如金。

很多人不解，中医为何会重视食不言？

告诉大家，我们这时代胃病的根源便在这里，吃急，吃多，吃讲话则胃不好。

吃慢，吃少，吃止语则胃变好。

世上没有真正的胃药，只有真正让胃好的使用手册。

这个大叔肠胃胀痛，红白好事后，常常会厌食好几天。

我说，撑伤一顿，损三日寿命。

他听了大吃一惊，怎么我不知道，没有听过。

我笑着说，如果你听过这句话，你的胃早就好了。

人生在世，守身实难。

一味小心，方保百年。

俗话也说，小心驶得万年船。

我很快叫学生开出四逆散加胸三药、焦三仙。

柴胡5克，白芍10克，枳壳10克，炙甘草5克，桔梗5克，木香5克，炒山楂10克，炒麦芽10克，炒神曲10克。3剂。

当患者已经知道饱食撑伤的严重性时，他就不会再拿自己的生命开玩笑了。

所谓人非圣贤，孰能无过，过而能改，善莫大焉。

世间上最大的善事，不是你帮了多少人，而是你真正改了自己的过错。

六祖慧能大师说，改过必生智慧。

我说，改过必生健康。

一个人最可怕的不是常年不愈的胃痛胃胀，也不是肿瘤心梗，而是你在痛苦之中，还在不断地造病苦的因，就像明知胃病还吃撑，吃快，吃多言。

后来这大叔见到我笑嘻嘻地说，你是我见过最会治胃病的医生，我现在的胃好得很。

78.

心肌炎

有学生问，中医这么复杂，如何学好，像山一样多的典籍，从何入手？

我说，网虽然大，但网眼只有一个。

正如风水家所讲，群峰之中，必有一主峰突出。

所以学医必须要把握住最根本的阴阳气血。

张景岳说，医道虽繁，然一言以蔽之阴阳而已。

就拿我碰到的这例心肌炎的患者，他花了两万多块钱治病，依然口唇紫暗，心慌心悸，短气自汗，连心电图都异常。

我看过一份报道说，多余的电流可以通过接地线导走，心电图、肌电图异常，同样可以通过赤脚在林下黄土地上漫步，而得到减轻平和，这叫导阳入阴。

所以我很快叫学生开出四逆散加丹参、石菖蒲、黄芪、党参。

柴胡5克，白芍10克，枳壳10克，炙甘草5克，丹参20克，石菖蒲5克，黄芪30克，党参10克。3剂。

普通人认为治心肌炎要消炎。

中医学认为要治心，治肌肉。

肌肉有力，心脉通畅，嘴唇紫暗就会变淡红，炎症也会消退。

而黄芪、党参甘温益脾生肌肉，能使人健而有力。

四逆散加丹参、石菖蒲，疏通气血脉管，能使经络管道康而通畅。

我很有自信地说，吃这样花费小，见效不小，你要注意多存好心，说好话，心脏会慢慢好起来。

半个月后，他找上我家来报喜说，这汤药吃了心胸舒畅，连乌暗的嘴唇都有了血色，不再气短自汗。

他连续吃了十几剂，越吃人越舒服，这就叫效不更方。

可见疑难顽病并不可怕，可怕的是你丢失了中医的阴阳气血辨证。

病很复杂，人很简单，按照我的乡村中医培养计划，要让一个乡村中医速成，根本不是什么了不起的事。

79.
头晕失眠

常有患者无奈地说，我都没时间锻炼。

我笑着说，你有时间坐在那里闲聊玩手机，却没有时间锻炼。

他又说，在家里都走不了，哪有时间去爬山。

我说，会锻炼有会锻炼的方法，不会锻炼有不锻炼的理由。一句话，你对锻炼身体的重要性认识还不够。

我告诉你人生无处不锻炼。

即便在家，也可以练出强壮的身体。

早上我在溪边晨练，路过大禾坪，看到一个阿婆在做泰山压顶。

我问，是什么动力让你坚持练功？

老阿婆说，我吃了好几年降血压药，经常头晕失眠，自从吃了你的药，加上锻炼，现在头不晕睡得好了。

前几天我去量血压，血压正常，降压药都不用吃了。

我故意问，有那么神奇吗？

老阿婆说，我刚开始做时，上厕所都蹲不下，听你说，现在蹲不下，将来就准备坐轮椅，我很害怕，所以咬紧牙每天一有时间就练几个泰山压顶，老伴都说我行路有劲，讲话有力了。

我再向她要处方，想看看哪个处方这么神奇将血压抚平。

老阿婆小心翼翼地从口袋里拿出，她把这张救命的药单当宝，说已经交儿子拍摄下来了。

我一看原来是四逆散加颈三药。

柴胡 5 克，白芍 10 克，枳壳 10 克，炙甘草 5 克，葛根 15 克，丹参 10 克，川芎 5 克。3 剂。

我看完哈哈大笑说，药救一时，练功救一辈子，吃药不练功，白吃一场空。

那些老是喊没有时间锻炼的人，难道你要被老阿婆嘲笑吗？

老阿婆行将入木，尚且锻炼不息，年轻人如日中天，有何借口说没时间没地方锻炼呢？

凡事有心，不可能都变为可能。

无心，可能也变为不可能。

80.

血糖血脂高

有人问，为什么有些人不怎么练功身体照样那么好？

我笑着说，这类人一般有两个特点：一是心态好，二是干活多。

我们曾门认为，家俭则兴，人勤则健，能勤能俭，永不贫贱。

所以懒人才多病，那些想偷懒偷闲下来享福的人，很多都会为他的懒惰付出病痛代价。

乡下一老农，身强力健，家庭富裕起来了，子女也发达，便叫老爸别去务农了。

老农刚刚闲下来大半年，身体就这不舒服那不舒服，饭量减半，睡眠不深，心烦气躁。

老人的儿子特别开车带他到珠三角大医院检查，花了一两万元后，终于得出一个结果，血糖、血脂偏高，吃了个把月的药也无济于事。

直到找到我，我哈哈笑说，你不让鸡刨土啄食、奔跑，把它挂起来供养，这是要它的命。

我见过那么多不孝的子弟，没有见过这么不孝的，你这是夺人命不用刀啊！

大家听了哄堂大笑。

我说，言归正传，你这老父亲，一身干活的贱骨头惯了，你现在一边让他大鱼大肉享福，一边又不让他抡锄头干活，等于一边不断地食积，另一边又不让他去消磨，这样血脂血糖累积起来，就像发痫那么快。

终于一言点醒梦中人。

我随后就给他开了四逆散加焦三仙。

柴胡 5 克，白芍 10 克，枳壳 10 克，炙甘草 5 克，炒山楂 20 克，炒麦芽 20 克，炒神曲 10 克。7 剂。

同时嘱咐他少荤多素，坚持把地锄。

大约一个月，穷汽车义诊路过这小山村。

遥远听到一声大叫，恩公恩公，快停下来。

只见一个老人担着畚箕锄头。

我左右看文，你是叫我吗？

他点点头。

我没那么老吧？你要叫恩人，不要叫恩公。

老人大笑，硬是要拉我到他家吃饭，并且要送我他老伴种的红薯一大蛇皮袋。

他说，我现在吃好睡好，血糖、血脂都正常了，你那药太有效了。

我指着他手中的锄头说，药治三分病，你的锄头和勤劳好了七分。

我们相视而笑。

可见，勤劳种地丢脸皮不要紧，躺在医院里丢身体才是最可怜的。

81.

高血糖

又有人说，我们城市人没有田种地，如何习劳。

我笑着说，成功的人有一百种方法，失败的人有一百种无奈。

古代有位长寿诗人叫陆游，大家都知道写诗创作搜肠刮肚，很耗命数，所以自古才人都命不长。

倒是乡野老阿公老阿婆，大字不识，活过百岁的比比皆是。

正如西方讲，上帝给你一支笔，未必会再给你一个长寿的身子，给你一箱金，可能也给你一身病。

而陆游不简单之处在于他精通养生，号称六十余年诗万首，非但没有耗命数，反而越写越精神。

我看过他写的一首诗，迅速顿悟这位大养生家的长寿秘诀，诗曰：整书抚几当闲嬉，时取曾孙竹马骑。故做小劳君会否，户枢流水即吾师。

我把这首诗的秘诀跟学生们讲时，学生们争着擦桌子和拖地板。

那些真正长寿的高人，你根本看不出他在做什么，他平常整理书桌、拖地板、叠被，都在养生。

这位血糖高的老爷子是城市人，听我讲了陆游这首诗后，豁然开朗。

我只给他开了四逆散加焦三仙。

柴胡 5 克，白芍 10 克，枳壳 10 克，炙甘草 5 克，炒山楂 20 克，炒麦芽 20 克，炒神曲 20 克。7 剂。

一个月后他的老伴笑眯眯过来说，怎么听了你的话后，老头子像中邪一样，回家跟我抢活干，每天地板拖三遍，不过好在他血糖降下来了，我很高兴。

我哈哈笑说，一个真会养生长寿的人，他做的事情再普通不过，就像少林寺的扫地僧，你看他在扫地，怎么也想不到功夫已经超凡入圣，不可思议。

所以真会锻炼何需健身房，你的房子、你的田园，就是最好的健身场。

82.

口腔溃疡

人为什么会上火？

火山压抑久了都会爆发，人气闷久了就会发热，热积足了就上火，所以胸闷才是上火的原因。

世人见火就清火消炎，而我却是解郁除闷，但这并不是我个人发明创造的。

古医籍早就讲到了，气有余便是火。

所以一个常生闷气的人，他经常都会上火发炎，不管是咽炎，鼻炎，乳腺炎，胃炎，肠炎，中耳炎，盆腔炎，宫颈炎，你看哪个常发炎的人，不是常生闷气的？

这个妇女，经常口腔溃疡，嘴唇发炎，连吃饭都会咬伤舌头。

她苦闷地说，消炎药没用，吃了半年都没断根。

我说，你什么时候不再抱怨生闷气了，也就断根了。

她有点不解。

我送给她一本《刘有生演讲录》说，上火是龙吟，生气是虎啸，若能降伏得住气火，你便得养生大道。

我随手给她开了四逆散加丹参、石菖蒲。

柴胡 5 克，白芍 10 克，枳壳 10 克，炙甘草 5 克，丹参 30 克，石菖蒲 10 克。5 剂。

四逆散乃专门解胸闷的神方。

丹参、石菖蒲，乃是专门对治血脉拥堵的妙对。

用这神方来行气，妙对来活血。

只有深明气血辨证的人，才能组合出如此奇妙的汤方。

此组合的妙处不能尽言。

结果，她吃第一剂就感到心开意解，三剂下去口腔疼痛大减，五剂吃完病去若失。

她高兴地提了一箱牛奶给我。

可见你不解开闷气郁结，吃再多的消炎药都无用。

药若对症一碗汤，药不对症满船装。

83.
胆结石胁痛

一个人之所以战胜不了自己的疾病，是因为他随顺自己的欲望习气，而不是随顺《黄帝内经》的养生教言。

我常问患者，什么最可怕。

患者说，肿瘤，癌症。

我摇头。

患者又说，心肌梗死，中风。

我又摇头说，一个人的欲望习气才是最可怕的，它会障碍智慧，如乌云障日，让你看不清，听不入任何正知正见。

镇上一位老叔，胆结石多年，经常胁肋部胀痛。

当他听到我说这些高营养的鸡蛋、牛奶要少吃时，张大嘴巴合不拢，目露惊奇说，不是说一个鸡蛋、一杯牛奶健康一辈子吗?

我笑着说，人的想法要与时俱进，在贫穷的年代，牛奶、鸡蛋是宝，但在这衣食丰足的年代，你的血液黏稠，胆部结石，这些高营养物质对于你来说，就是笑面杀手。

我很快叫学生开出四逆散、胸三药加石菖蒲、郁金、丹参。

柴胡5克，白芍10克，枳壳10克，炙甘草5克，桔梗5克，木香5克，石菖蒲5克，郁金5克，丹参10克。5剂。

结果他服用第一剂药，胁部就不胀了，五剂吃完，他改为素食，从此口干口渴的症状消失了。

我笑着说，营养过剩的疾病，一定要懂得回归贫穷年代的生活，不要以为你富裕有钱了，就可以胡吃海塞，为所欲为。

要知道肚饿吃饭饭是宝，肚饱吃饭饭是毒。

我认为在贫穷时能节衣缩食，这没有什么，富裕后能节衣缩食，这才是真懂养生。

84.
富贵病

患者问，医生，你认为什么病最可怕？

我摇头说，都不可怕。

患者问，那什么最可怕？

我说，不明理最可怕，一个人哪有什么可怕的疾病，都是长期不明理所致，明理少疾病。

深圳一位老太，她的孩子孝顺她，给她买了一片庄园，但老太每日都吃不香，睡不沉，周身酸痛。

她的孩子把医生请到家中去都没用。

当她找到我时，我一看老太有双下巴，就知道她肝部包油，身上赘肉多，按照张仲景的说法，叫作尊荣人，骨弱肌肤盛，说白点叫养尊处优，这样骨质会疏松，肥大的赘肉挂在骨头上，会很难受，很辛苦。

老人家焦虑地问，医生，我这是什么病?

我直言不讳地讲，你这是贪吃欠走病。

这时代从来没有一个医生像我一样，一针见血，直中患者病苦要害。

我很自信地说，不出我所料的话，七剂药你可以好过来，但是你要掉层皮。

她说，只要能好，脱层皮都愿意。

我很快开出四逆散、颈三药加焦三仙。

柴胡5克，白芍10克，枳壳10克，炙甘草，葛根15克，丹参10克，川芎5克，炒山楂20克，炒麦芽20克，炒神曲20克。7剂。

我给她的遗嘱是日行七千步，饭到七分饱，夜眠七小时。

我知道四逆散能一揭愁容。

颈三药让身体动起来，解决欠动的问题。

焦三仙消食化积，使营养吸收更彻底，解决贪吃的问题。

半个月后，我接到一个电话，电话那边传来一个激动兴奋的声音，医生，医生，我不用吃安眠药了，周身酸痛也好了，我一共吃了你十四剂药，照你所讲像乞丐那样吃，像挑夫那样走，我身体现在好得很，老伴都走不过我，说我遇到神了。

85.

眼疾

有患者讲，没有什么比生病更可怕的事。

我笑着说，你只要蔑视疾病，重视自身锻炼，所有的病苦也只不过是纸老虎。

这个眼珠红胀肿干涩的患者，数个月来吃药吃不好。

我笑着说，你脉象弦数，是简单的肝郁化火，数剂药就可以好，为何拖了这么久呢？

她有点不敢相信，真的吗？

我说，患得患失的人连自信都丢了，相信我能治好病，我就能，拿出点士兵战斗的勇气吧！

一个整日提心吊胆、怕这怕那的人，是没有救药的，若能将担忧的能量用在锻炼上，他的病早好了。

我很快叫学生开出四逆散加眼三药、枸杞子。

柴胡 5 克，白芍 10 克，枳壳 10 克，炙甘草 5 克，夏枯草 15 克，桑叶 10 克，菊花 5 克，枸杞子 15 克。3 剂。

这首汤方对于熬夜，常生闷气，眼珠痛的人来说是特效药，因为它同时具备养阴、理气、清热之效，可以说是养其阴，顺其气，降其浊的体现。

我又交代他多赤脚行路。

这个时代大家都不爱接地气了，同时又爱生闷气，这些闷气你导引不出去，留在身上就会积为疾病。

所以我从来不怕压力闷气，积郁有多厉害，我只管你有没有方法把它导引出去。

这也是我喜欢步行赤脚到田间劳作的所在。

后来这患者的眼部疾病消去，又恢复了昔日的快乐舒适。

所以我认为与其在病苦中担忧，不如赤脚到大自然中去释放。

一个爱上大自然中劳作的人，疾病都不喜欢他。

86.
腰痛

有人问：为何很多腰痛老好不了。

我觉得除了腰部问题外，还有一个最容易被人忽视的个性问题。

难道某些个性会导致腰痛？

不错，其中有种个性叫宁折不弯。

对于正义而言，这无疑是刚正不阿的好品质，说明腰板硬。

对于自私心重的人来说，这无疑是顽固的表现。

村里有个老叔，腰常痛到坐立不安，经常对老伴发脾气。

他听说我到村中义诊，早早就来等候。

我一切其脉说，怎么脉象这么弦硬，老叔你的脾气太刚硬了，伤人伤己啊！

周围人听了都会心一笑，连连赞叹我讲得对，都在议论把脉可以把出人的性格来。

我知道要说服这些老顽固，要以理取胜，要学庄子，善于比喻观察，像讲故事那样，把养生至理言明。

我同老叔讲，你看草木柔和，生机无限，风吹来它就会轻轻弯下，这叫养生。

一旦硬绷绷，僵硬了，像枯枝败叶一样，一阵风就把它吹掉了，这叫养死。

中医养生秘诀康寿之道，全在于刚柔软硬一念之间。

故曰：心刚百病起，念柔万邪息。

我看到老叔听得似懂非懂，便叫学生开出四逆散加腰三药。

柴胡 5 克，白芍 20 克，枳壳 10 克，炙甘草 5 克，杜仲 20 克，枸杞子 20 克，巴戟天 20 克。5 剂。

我都把这件事情忘记了，谁知半个月后，老叔找上门来，脾气好多了，微笑着说，我一是来感谢，我的腰痛从来都没有这么好。

第二，你讲的话，我仔细想想有道理，我还想买你的养生书——《万病之源》，一个能够将刚硬脾气的患者讲到柔和的人，他写的养生书一定不会差。

87. 膝关节炎

有人说，现在医学在退步。

我笑着说，你不要看到患者越来越多，医院越来越多，就认为医生不行，药物不效。

那是为何呢？

我说，人们心理、精神的问题日益严重，也就是说纯粹身体的问题越来越少，更多的是心理、精神的剧烈波动导致的身体问题。

认识到这个时代现象的规律，你就知道我这么爱用四逆散的原因了。

四逆散专治七情逆。

村里一位老阿婆有白内障，做完手术后稍安，常年的膝关节炎，令得她连去赶集都没办法，而家中子女在外，也照顾不到老人。

老阿婆叹口气说，老人没人爱，老牛好做菜。

我切其脉说，老人家你牵肠挂肚没有用处，反而会加重病苦，我看你膝盖骨缺血，大都是操心操没了，你只要做到没心没肺，肯定能活到长命百岁。

她听了哈哈大笑。

我认为老人膝关节炎，跟牵挂子女、忧虑伤血分不开关系。

不通中医的人就不解，他们不知道忧愁伤肺，肺主百节。

有一项调查表明，百分之八十以上的老人骨性关节炎，都和忧愁密切相关。

所以我要开个解愁汤给她喝，替她分散心中的忧愁和郁闷。

我很快叫学生开出四逆散加膝三药、枸杞子、菊花。

柴胡5克，白芍10克，枳壳10克，炙甘草5克，牛膝10克，熟地黄10克，当归10克，枸杞子15克，菊花5克。5剂。

人家只认为四逆散是解闷汤，不知它还是分忧散，愤怒伤肝我用它，忧愁伤肺我也用它，连思虑伤脾我也用它。

五天后，老阿婆拿着药单，大步走来复诊，欢容喜笑说，太神奇了，太神奇了，我的膝盖没事了。

我知道一个人情怀一开，腿脚都是劲，一旦情怀闭塞，腿脚就酸痛无力，好像高兴的人大步流星，悲忧的人举步维艰一样。

88.

胸闷心痛

我们这时代最多的病是什么病？

心脑血管的疾病啊！

一位老师常夜间胸闷憋气，吃了救心丹后稍解。

这位老师很害怕，时常担忧夜间会不会一不小心撒手西去，严重时晚上痛醒过来。

我一切其脉后说，为何肝郁得这么多？

这老师无奈地说，我快被学生气吐血了，打又不是，骂又不是，只能在那里吹胡子瞪眼。

我笑着说，逆来顺受天加福，非来正对了前因。

这位老师问，我这心脏病严不严重？

我想你如果没有五脏相关的中医思想，绝对想象不到问题居然出现在肝上。

像这种中焦肝脉郁结，引起的心脑血管堵塞比比皆是。

所以你再懂得活血化瘀，用瘀血圣药三七，却不懂得疏肝理气，都很难赶走疾病。

于是我很快叫学生开出四逆散加颈三药、延胡索。

柴胡 5 克，白芍 10 克，枳壳 10 克，炙甘草 5 克，葛根 15 克，丹参 10 克，川芎 5 克，延胡索 10 克。3 剂。

四逆散疏肝理气，解开郁脉。

颈三药活血化瘀，疏通心脑血管。

延胡索一味药，神奇得不得了，它擅长止痛，不管是气痛、血痛、痰痛、食痛、头痛、脚痛、胸痛、背痛，只要是血管所过之处堵引起的疼痛，它都很好用。

正如李时珍讲，心痛欲死，速觅元胡。

这是说心脑血管堵塞疼痛得死去活来，赶快把延胡索找来，因为它有强大的行气止痛之效。

半个月后，我义诊在回家的路上，一个人开摩托车在马路对面叫住我，说，医生医生，快停下来。

我走近一看，她笑着说，您那个药真管用，现在我晚上胸不再憋闷，不用再吃救心丹了，我们学校其他老师一起请你到校园去义诊可以吗？

有求则应，我爽快地说，好，等我乡村巡回义诊结束后，再让中医进校园吧！

89.

脚跟刺痛

有人说，听说骨刺好难治，要动手术。

我说，它刚冒出来时你就治，效果好，就像小火好扑灭，等森林大火再灭，付出的代价就大了。

所以我们中医最重要的是治小病，治萌芽。

据说有一分钱的预防，顶得上一千块钱的治疗。

这个脚跟骨长骨刺的村干部，经常半夜痛醒，行步困难，一踩地下，脚痛到被电触一样，他已经花了几千块钱，折腾了好几个月。

我切其脉说，脉象弦硬紧迫，弦主肝气郁，弦主痛症。

这明显是长期郁怒加上湿毒下注。

我说，你这脚跟痛有办法，要付出点代价。

他自信地说，没关系，我有钱，尽管给我开好药。

我说，不是要你的钱，你要打赤脚河边沙坝地去走，同时用活络油去按摩患处。

我很快叫学生开出四逆散加四妙散、丹参、石菖蒲。

柴胡5克，白芍20克，枳壳10克，炙甘草5克，苍术10克，黄柏5克，薏苡仁30克，川牛膝10克，丹参30克，石菖蒲5克。5剂。

有一天我去砍竹子给淮山药搭架子，在经过溪边沙坝时，碰到一位大叔在前面赤脚走沙地，看到他走得那么带劲，一定是深得赤脚功的利益。

所谓无利不动，没有深得利益的话，行动力没那么强。

我经过时突听到一声，医生，医生，快停下。

我回头一看，这不是村干部吗？便问，怎么样了？

大叔笑嘻嘻说，好得很，好得很。我相信你讲的赤脚接地气可以排湿气，现在除了砂石赤脚会痛外，我的脚筋没事了。

我笑着说，好榜样，治一个榜样比医好一百个都管用，希望你能带起村中赤脚健康风潮，健康路是光脚走出来的。

90.
老人尿床

经常会听到小儿遗尿，这很正常，因为肾与膀胱还发育不够好。

而老人遗尿呢?

这是很苦闷的事，年老肾气衰退，所以小便失控，照顾老人，最不好处理的就是这一条。

一位阿叔请我去出诊，原来他老人家总是晚上尿床，个把月来夜夜如此，家人都给他穿尿不湿了。

叶天士曾经讲过，若人向老，下元先衰。

一个人走向衰老，从下半身腰脚就可以看出来。

比如腰腿无力，酸痛，小便频急，脚抽筋等。

我看了后说，老人久卧床上，一是久卧伤气，二是久卧成郁。

久卧成郁用四逆散。

久卧伤气用四君子。

同时尿频失禁乃肾司二便功能退化，用黄芪、牛大力、金樱子。

柴胡 5 克，白芍 10 克，枳壳 10 克，炙甘草 5 克，党参 15 克，炒白术 10 克，茯苓 10 克，黄芪 30 克，牛大力 20 克，金樱子 10 克。5 剂。

同时我吩咐老人的家人，要多让老人晒太阳。

因为一息阳气一息命，一息寒气一息病。

阳气能够蒸腾水湿，阳气足了，尿就不频。

结果，老人的家人来报喜说，吃第二剂药就见效，晚上穿的尿不湿是干的，不再遗尿。

可见中医治一个尿频尿床，都是看五脏六腑功能，对于老年人夜尿多，甚至尿失禁，我认为一定要健其脾胃，因为脾胃主肌肉。

西方医学所谓的膀胱括约肌，从中医学来讲，也属于脾胃所主，脾健则肌肉有力，脾虚则肌肉松弛，脾主土，约束不住尿就崩出来。

好像堤坝土薄，一下子就被大水冲垮了一样。

91.
肚子痛

肚子痛这问题可大可小，我认为任何身体的问题都没有小问题。那些健康长寿的人，都有一些共同特点，那就是一碰到这些小问题就重视，积极对治。中医学称之为上工治其未萌。

我记得有这样一个说法，一个最厉害的管理者，他不是拼命去解决处理问题，而是让很多问题根本不发生。

有个女孩经常腹冷腹痛，严重时无法上班，吃药后稍安几天，一不注意又腹痛。她担心肚子会不会长东西了，于是去做 B 超检查，也没发现什么。

当她焦虑匆忙地找到我时，我切其脉便说，为什么这么小年纪，心思就这么重？

她不解其意。

我说，你这腹痛好办，一是要少忧虑，二是不能吃水果。

她一脸不解地问，我不懂你说什么，这和我肚子痛有关系吗？

我笑着说，一听就知道你对中医了解得少，不知道思虑伤脾，生冷伤肚的说法。

她还有点不解。

看来我要用最通俗的语言让她开悟开悟。

我说，你是文化人，应该听过愁肠百节这个成语吧？

她点头。我说，你应该听过牵肠挂肚这个成语吧？

她又点头。我说，人一忧虑，肠道就打了一百个结，一牵挂，气机就像衣服挂在树上不能下。所以牵挂思虑忧愁多的人，消化系统都非常差。她听了举手投降。因为正中她要害。

我很快叫学生开出四逆散，解开心胸部牵挂忧愁，腹三药理顺其肠道忧愁百结。

柴胡 5 克，白芍 10 克，枳壳 10 克，炙甘草 5 克，小茴香 10 克，厚朴 10 克，苍术 5 克。3 剂。

后来我在大桥遇见她，她笑着上来说，感谢医生，半个月来我的肚子都不胀痛了，你那句远离生冷水果真管用，我发现我以前错得离谱。

我哈哈笑说，你现在知道也不晚。

92.

风火眼疾

有人不理解，眼科的病，内科的中医师也可以调好。

这是中医整体观的体现。

中医基础理论认为，五脏六腑的气血都上注于目。

所以肝有热，眼睛会红肿赤痛，这叫肝开窍于目。

肾精亏，眼睛会黯淡无光，这叫油不济火。

有个卖衣服的老板，去吃了一场酒席，有煎炸也有辛辣，这些都是燥性食物。

所谓燥性食物，就是煎炸烧烤辛辣之品，这些东西服用后，容易使人心烦干燥，咽干口渴，甚至面红耳赤，可见病从口入。

他眼痛干涩到彻夜难眠，点了三瓶眼药水都没用。

我笑着说，杯水怎么能救车薪，你的肝木都着火了，这叫木燥起火，急急需要解郁清肝。

我很快开出四逆散加两组眼三药。

柴胡5克，白芍15克，枳壳10克，炙甘草5克，夏枯草15克，桑叶10克，菊花5克，蒲公英30克，蒺藜10克，木贼10克。2剂。

他惊讶地问，为什么给别人开的就是三剂，给我开的就是两剂？

我说，其实我只想开一剂。

他说，是不是信心不够。

我说，这首汤方治起风火眼疾，好比小李飞刀例无虚发，是不需要第二把的，不管是你熬夜看电脑、电视，还是吃煎炸烧烤，或者跟别人动火吵闹，但凡见到眼珠子红肿热痛，干涩难熬，此方往往一剂神效。

我称之为治疗风火眼疾的神方神药，一般来说只需加一组眼三药即可，加两组效果就非常强大。

第二天我特地路过那里问他怎么样？

他笑笑说，吃了一剂，睡个觉就好了，第二剂留着以后用。

我笑笑说，看来以后治风火眼疾，我真的只开一剂就好了。

93.
风火牙痛

牙痛不是病，痛起来要人命。

一般牙痛常见虚实两种，暴病多实，久病多虚。

所以问患者牙痛多久很重要。

清明期间，很多人回到家中来祭祖，我们曾姓非常重视祭祀先祖，慎终追远。

一位外面经商的朋友，他连夜开车回家，又疲劳上山拜山，加上天气炎热，应酬又多，令得他牙龈肿痛，嘴张都张不开，饭也难咽下。

他找到我问，有没有快速的牙痛药？

我说，只有中药。

他说，最好是不用煎的。

我说，你这想治病还嫌麻烦。

他哈哈笑。

我随手开出四逆散加大黄、薄荷、白芷。

柴胡5克，白芍10克，枳壳10克，炙甘草5克，大黄15克，薄荷8克，白芷8克。2剂。

开完我交代说，用这汤方当茶泡，把热开水冲入药中，15分钟后即可饮用。

这个茶饮方疏肝通肠，渴了当水饮，专治风火牙痛，尤其是牙龈肿痛。

客家话称之为起牙包，其实中医上称为郁火。

火宜清下之，大黄、甘草、枳壳特效。

郁宜诱发之，柴胡、白芷、薄荷最佳。

这就等于一边开窗揭被，一边吹风泼水，房子很快就清凉下来。

白芍就是滋阴增液，又能缓急止痛。

果然不出我所料，一剂下去，牙肿消了一半，两剂吃完，牙痛就好了。

看来这种暴疾的风火病，你还需要大刀阔斧，给他通肠透热，很快就好。

中医学称之为火郁发之，热宜清之，燥宜润之。

94.

面黄短气

面黄是什么原因？患者这样问。

我想了一下就说，一是营养不够，贫血，消化吸收障碍，二是胆汁不降，肝气郁结。

其实百病都逃不出虚、郁两个字，虚则没力没气，郁则气闷难耐。

她惊讶地说，我就是没力没气，上楼梯都懒，夜晚还睡不好觉，十分烦。

我说，你的脑供血还不够，容易头晕短气。

她点点头说，我就是这些问题，你切脉果然很准。

我说，这都是经验推断出来的。

《黄帝内经》讲，上气不足，头会晕，目会眩，耳会鸣，颈也会酸。

所以当我们摸到寸脉不足，代表中气上不来，这些症状你闭着眼讲出去，患者都会点头如捣蒜，心服口服。

我很快叫学生开出四逆散加颈三药、黄芪、党参、当归。

柴胡 5 克，白芍 10 克，枳壳 10 克，炙甘草 5 克，葛根 15 克，丹参 10 克，川芎 5 克，黄芪 30 克，党参 20 克，当归 8 克。3 剂。

我用四逆散解其郁烦，愁肠挂肚。

颈三药升阳通脑。

黄芪、党参、当归，这叫补气血三药，能够提高抵抗力，扶正祛邪。

同时我叮嘱她记得四点。

早寝以当富。

无事以当贵。

安步以当车。

晚食以当肉。

也就是说要早睡，少忧虑，饭后百步走，保持吃饭的饥饿感又不吃撑，这都是使用好身体的秘诀。

无数人要吃尽无数的苦头，才能够得到这几句经验之谈。

她来复诊时，心开意解，很高兴地说，吃完药后，我睡眠很好，面黄褪了，上楼梯也有力，我想问下你什么时候到我们村寨来啊？

我笑着说，快了，快了。

95.
腰骨弯痛

有人问，为什么有的人吃药效果那么好，我吃药就没有那么好的效果？

我认为药物取效的关键，一看辨证，二看生活习性。

我体会到烟客、酒鬼、熬夜汉、药罐子这些人，特别是成瘾越厉害的，神经越麻木，药效越不容易显现。

村里一位八十多岁的老人家，他同我讲，四代同堂了，现在唯一难受的是腰痛得直不起来，连走路都半扶着腰，颤颤巍巍。

我一看就知道，凡弯腰驼背，身体抖动的现象，都是衰老劳损的表现，这些问题都不是一时三刻形成的，乃是长期肾虚积劳使然，因为危病及肾。

我切其脉，尺虚关郁。

我马上开出四逆散，并叫他去买六味地黄丸。

滋水涵木，疏肝理气，筋骨才会正直，同时交代老人要常行动，莫久坐。

俗话讲，坐死走活睡神经。

人家不知我们这个时代，久坐不动是各类慢性病滋生的根源，因为久坐会助长懒性惰性，增加湿气，闭结气脉，增加郁结。

老人点头称是。

大半个月后，我骑车下坡去出诊。

见到一位老人腿脚轻便，上坡似履平地。

老人叫说，医生。

我马上停下。

但见他欢容喜笑说，你那药真好，一吃就不会酸痛，现在我敢出来走路，越行越有力。

我说，这也是因为老年人日常早睡早起，有这些好的生活习性，才会有这么好的效果。

如果熬夜，饮食不节，生活习性一塌糊涂，那即便是灵丹妙药，也很难有这么理想的效果。

这也是我喜欢到乡村义诊的原因所在。

因为这些留守老人生活质朴简单，我一开药往往有很好的效果，很有成就感。

96.

肩背劳伤

有人问，为何很多人疾病缠身，却活得长命，有人平时看似身强体壮，却命不长。

我哈哈笑说，破罐熬好罐。

就是说看似身体差的人，时常比身体好的人活得久。

这就好比你用一个旧罐，残残破破，但每次使用它时，都小心翼翼，比别人大大咧咧地使用新罐好罐要用得久。

可见罐寿命的长短，不仅取决于罐本身的新旧，更取决于用罐人的那颗心。

小心翼翼，天长地久。

粗心大意，昙花一现。

我这些话一讲出来，周围人无不点头称赞，鼓掌称是。

这样平时多病的人不要自卑，只要小心，照样可以长命。

让也让平时身体强壮的人，不再洋洋得意，如果粗心乱来，你也会大意失荆州。

这个老爷拍拍手，笑哈哈说，我就是你说的破罐子。

我说，既然是破罐，就不要破摔了。小心驶得万年船，除了小心谨慎，没有更高明的长寿法。

老人的肩背痛，说是早年挑担太重压伤了。

我笑着说，干活老伤好治，忧虑想伤难医。

劳伤的人一补气活血就减轻。

忧虑伤的人，一般草木很难见功。

结果我很快开出了四逆散加背三药、党参、黄芪。

柴胡5克，白芍10克，枳壳10克，炙甘草5克，羌活5克，姜黄5克，威灵仙5克，党参20克，黄芪30克。5剂。

并且我交代老人，一切言行举止，都要安详。

我治疗背伤一般会宽胸理气，因为胸背一阴一阳。

四逆散宽胸部郁。

背三药理肩背滞气。

加党参、黄芪是考虑到年老体衰，气力不济。

这两味药能甘甜益气生肌肉。

结果老人吃了药很舒服，连抓15剂。

他高兴地前来说，向你贺喜，我的肩背痛好了八九成，我觉得讲话干活都有力，吃饭胃口都开了，你的那个破罐子比喻，给了我活下去巨大的动力。

我哈哈笑说，原来一言真可以救人。

97.

肝郁面斑

经常碰到中年妇女最会忧心的问题，该赚到的钱没有赚到，不该长的斑却长出来了。

所以美容护肤品有巨大的市场。

但据我观察，这些外在的粉饰，大都治标不治本。

大家去观察会发现，那些过早长斑的妇女，几乎都有这样一个特点，心量不够大，经常情怀不畅，所以气滞血郁。

中医学称为肝郁面斑，又叫肝斑。

这个妇女两边脸都有暗斑，俗话说就是黄褐斑，蝴蝶斑。

她烦心地说，为什么老是涂擦不掉。

我笑着拿起玻璃杯说，假如这个杯外表有尘埃，你在外面是不是一擦就掉？

她点点头。

我又说，如果这些斑污垢在杯里面，你拼命在外面擦，擦得掉吗？

她似懂非懂。

我说，你把这个道理真弄懂，面上就不会再长斑了。

她半信半疑，以为这是天方夜谭，不可能出现的奇迹。

我笑着说，这个世界从来不缺乏奇迹，而是缺乏发现和创造，面膜护肤品只是擦表面，唯有疏肝解郁，活血行气，才能擦除肌肤血管内部的污垢。

我随手开出四逆散加颈三药、桃仁、红花。

柴胡 5 克，白芍 10 克，枳壳 10 克，炙甘草 5 克，葛根 15 克，丹参 10 克，川芎 5 克，桃仁 8 克，红花 5 克。3 剂。

四逆散专治心量不够大的男女。

颈三药既能治头颈心脏，也可以把气血带到脸上。

桃仁、红花，花升仁降，这对药是瘀血暗斑的杀手，专清血管垢积，即血管清道夫。

近一个月，家里来了几个人，其中一个容光焕发的妇女开心地说，想不到这么便宜的药，居然退了我的暗斑，我的这几个朋友也来找你治斑。

我哈哈笑说，家里不是看病的地方，你要找到古祠堂村委楼去，公事公办，这些公益义诊的事情，要在公共场所做。

98.
赘疣

患者问，赘疣是怎么回事？

我说，一个人脾胃虚后，又吃多零食肉类，难消化之物，内化为湿毒，消化不良，集中在一处，即为赘疣，说白了就是多余的赘肉。

古医书已经告诉我们如何去掉赘肉。

那就是脾主肌肉四个字。

没有运化不好的脾，就不会有多余的包块，结节，赘生物。

这个患者额角有点赘疣，黄豆粒大，我看后便说，你吃煎炸烧烤油腻越多，熬夜看手机越多，这额角的赘疣就会越大。

这些包块聚集物，一是生于气，二是成长于垃圾食物。

所以大凡身上生结节包块的人，一要远离肝郁气结，因为气结生积，二不单要远离垃圾食品，即便正常餐饮也不能暴饮暴食。

她听后张大嘴，很惊讶，因为这些都是她所喜好的。

一个人没有恶劣习气，疾病在身体就没有立锥之地，苍蝇不叮无缝蛋，是你让病邪有机可乘。

我很快叫学生开出四逆散、四君子汤加陈皮、丹参、石菖蒲。

柴胡 5 克，白芍 10 克，枳壳 10 克，炙甘草 5 克，党参 5 克，白术 10 克，茯苓 10 克，陈皮 5 克，丹参 30 克，石菖蒲 5 克。5 剂。

她说，这么简单的药物，会不会太少了，你给我再仔细看看。

我说，放心，我对这汤方很有信心，凡是额角侧面痛，生斑，生结节，这都是属于少阳胆经堵塞，四逆散主之。

凡有多余的肉赘都要健脾，脾功能增强，赘肉湿气，自然被吞噬运化掉。

四君子加陈皮，能专门提升脾主运化吞噬功能，称为异功散，形容它的组合有神异的功效。

而丹参、石菖蒲，专对治诸痛痒疮，皆属于心的问题，因为血行风痒止，血行疼痛息，血行斑即消，血行赘疣去。

半个月后，有人报信说，遇到了不用手术却消掉了赘肉的神奇。

他说不可相信，额角的赘疣跑到哪去了？

99.

口浊

为何这时代口香糖盛行？

因为口臭的人多。

为何口臭多？

因为饮食不节伤了脾胃。

中医学把口臭称为口浊，乃是脾胃消化不良的产物，往口腔上逆。

《黄帝内经》称浊阴不降。

一个泥水工经常口浊口臭，吃东西没有味道，他形容自己的舌头像墙厚，每天刮都刮不净。

我看了后说，这是典型的木克土，肝脉弦硬，人性急。

凡急性的人脾胃都好不到哪去，因为脾性缓，脾胃消化食物像拖拉机一样悠缓，你想让它像小车那样快速，它就散架了。

所以那些速食、暴饮暴食、狼吞虎咽的人，脾胃功能大都乱七八糟，一塌糊涂。

这就是俗话所讲的，木克土，胃发堵，营养不化变湿毒。

他听了点点头。

我说，你吃慢点，吃少点，吃清淡点，很快就好了，不用人见人躲。

确实，我在他面前都能感到臭气熏天，都想闪开。

我很快叫学生开出四逆散加脾三药和颠倒木金丸。

柴胡5克，白芍10克，枳壳10克，炙甘草5克，藿香5克，苍术5克，石菖蒲5克，木香5克，郁金5克。3剂。

我对这个组合治疗口腔臭浊非常有信心，因为四逆散专门缓解木克土，它能让肝不欺负脾胃。

脾三药芳香化浊，乃是治疗倦怠乏力、舌苔垢腻的最佳组合。

它们的芳香又是浊阴不降的死对头，叫以香治臭。

至于木香郁金这两味药，乃《医宗金鉴》上的颠倒木金丸，专治脾胃消化颠三倒四，不管是臭气熏天，还是胀满在胸腹，只要气机阴阳颠倒，都可用它理顺气机。

才三天不到，我在木桥边遇到他，他骑辆车停下，我见之欲回避，他长出了一口气说，口不臭了，您放心，吃那药放了很多屁，您那是什么药呢？

我笑着说，那是中医的理气降浊药。

他说，胜过口香糖。

100.
浑身酸痛

患者问，为何我的病这么难治？

我说，脾好治，气好治，脾气不好治。脾气大，身体差。心态好，病魔跑。

我在乡村巡回义诊期间，深切体会到性气宽和之人，病情复杂也很快治好，脾气傲暴之人，虽然小毛病却很难缠。

所以相学奇书《心相篇》上讲，心平气和，可卜孙荣兼子贵。才偏性执，不遭大祸必奇穷。

可见人的命运、身体状况与他的心性、心态息息相关。

这个老阿婆周身酸痛，难以走路，看上去弱不禁风，随时都要人扶。

我切其脉便说，阿婆，你心平气和，这身体可以。

她听了笑眯眯说，老了，身体没用了。

我笑着说，莫太悲观，身体老，心不老，你还有好多岁月要过，中医有种说法叫脉长寿长，一般平和的人，脉都平缓有力，做事耐牵（客家讲法，意思是有韧性、有耐心），所以活起来也长命。

我很快叫学生开出四逆散加胸三药、黄芪、党参。

柴胡 5 克，白芍 10 克，枳壳 10 克，炙甘草 5 克，桔梗 5 克，木香 5 克，黄芪 30 克，党参 15 克。3 剂。

我在巡回义诊路上，开的汤方药味大都不出八味，一是节省药物资源，二是体现中医人的自信。

一根针一把草就可以解决的问题，为何要用千金挨千刀？

所以中医是真正绿色环保的医学，必将在未来世界人民生命质量的提高上做出巨大贡献。

这将会在接下来的书稿中，得到淋漓尽致的体现。

我最喜欢做的就是用三块钱的药物，解决常规两三百、两三千，甚至两三万都挽回不了的病灾损失。

老人家三天后回到育英园等待，笑眯眯说，周身酸痛好了大半，现在走路都有劲。

旁边一患者疑惑地问，为什么她那么老，那么难的病都容易好，而我这么年轻，这么小的问题都难缠？

我再次哈哈笑说，阎王好办，小鬼难缠，那些宽和的人，有病易治。斤斤计较，两两过秤的小鬼头心态难治。

所以希望我们大家尽快能让我们的灵魂，飞到疾病和烦恼追不到的地方！

尾声

中医是一门实践性极强的医学，不断地学以致用是提升的关键。

许多医子感叹没机会用，很难用。

我说，你们的书没读到家，不知世上无难事，只怕有心人，不是没有机会，是你没用心。

我今年从龙山到镇上下乡巡回义诊，从上车村到坡头墟，到马腰江、大寮、陈江武略祠、榕树下关帝庙、到排子村、三山国王庙……

几乎每到一处，患者云集，前迎后送，左拥右护。

谁说没机会实践大展身手、试刀亮剑？

只要你敢发心，敢义诊，为你而来的患者就会络绎不绝，你的群众基础像泰山北斗那么厚。

我的大量精彩案例都是在乡村义诊中诞生的。

村民们惊喜的表情，欢天喜地的转变，时常令我都觉得不可思议。

大哉中医！神哉中医！

我坚持每天收录数个案例，定名为《拍案叫绝》。

古代中医有游医和坐堂医之分。

我觉得医子除了坐一处外，还要勇于出击，敢于巡回义诊。

一个不敢于付出、奉献、服务大众的人，他是不可能有什么惊人的转变的。

村民们纷纷议论，怎么会有这样不要钱敢拼命的医生，怎么中医三两块钱，平常得再普通不过的草药，却可以起沉疴，疗顽疾，怎么能够这么快速把脉断病，处方出药。

这些完全颠覆了他们脑中中医是慢郎中的想法。

我认为这些成就都得益于一个义字，你敢站在大义上，民众的拥护都会让你的医技医术如有神助。

看到一个个精彩的案例，我不禁感叹《大医精诚》上所见，不问贫富贵贱，皆如至亲之想。

如果是至亲，你会挖空心思收钱吗？你会不全力以赴吗？

所以得到这句真诀，那么学医那些千言万语，皆可付之一炬。

这也是得诀归来好读书，真传一句话，以心印心的东西，千言万语都阻挡不了。

当患者们送上锦旗感谢我时，我由衷地双手合十，低头作礼说，我更应该感谢你们！

方药集锦

三药

腰三药：杜仲、枸杞子、怀牛膝。

头颈三药：葛根、丹参、川芎。

鼻三药：苍耳子、辛夷、石菖蒲。

胸三药：枳壳、桔梗、木香。

气三药：黄芪、党参、当归。

血三药：丹参、鸡血藤、赤芍。

背三药：防风、姜黄、威灵仙。

眼三药：夏枯草、桑叶、菊花。

耳三药：香附、柴胡、川芎。

腹三药：小茴香、厚朴、苍术。

膝三药：酸枣仁、熟地黄、当归。

脾三药：藿香、苍术、石菖蒲。

头痛

四逆散加颈三药。

柴胡5克，白芍10克，枳壳10克，炙甘草5克，葛根15克，丹参10克，川芎5克。3剂。

颈椎病

四逆散合颈三药。

柴胡5克，白芍20克，枳壳10克，炙甘草5克，葛根25克，丹参20克，川芎5克。7剂。

后脑勺棍棒伤

四逆散加颈三药。

柴胡5克，白芍15克，枳壳5克，炙甘草5克，葛根20克，丹参20克，川芎20克。5剂。

偏头痛

四逆散加颈三药。

柴胡5克，白芍30克，枳壳10克，炙甘草5克，葛根30克，丹参30克，川芎20克。3剂。

前额痛

四逆散加颈三药、白芷。

柴胡5克，白芍20克，枳壳10克，炙甘草5克，葛根20克，丹参20克，川芎20克，白芷10克。3剂。

巅顶头痛

四逆散加颈三药、藁本。

柴胡5克，芍药20克，枳壳10克，炙甘草5克，葛根20克，丹参20克，川芎10克，藁本10克。3剂。

鼻塞

四逆散加颈三药、苍耳子、辛夷。

柴胡5克，白芍10克，枳壳5克，炙甘草5克，葛根10克，丹参10克，川芎5克，苍耳子10克，辛夷10克。3剂。

耳鸣

四逆散加颈三药、石菖蒲。

柴胡10克，白芍20克，枳壳20克，炙甘草10克，葛根30克，丹参20克，川芎10克，石菖蒲20克。3剂。

眼目干痛

四逆散加颈三药、枸杞子、菊花。

柴胡5克，白芍10克，枳壳10克，炙甘草5克，葛根10克，丹参10克，川芎5克，枸杞子10克，菊花5克。3剂。

脸上暗斑

四逆散加颈三药、菊花。

柴胡5克，白芍10克，枳壳10克，炙甘草5克，葛根20克，丹参20克，川芎10克，玫瑰花15克。7剂。

眩晕

四逆散加颈三药。

柴胡5克，白芍15克，枳壳8克，炙甘草5克，葛根30克，丹参30克，川芎5克。5剂。

悬针纹

四逆散加颈三药。

柴胡5克，白芍10克，枳壳10克，炙甘草5克，葛根20克，丹参20克，川芎5克。5剂。

嗜睡

四逆散加颈三药、苍耳子、辛夷、石菖蒲。

柴胡5克，白芍10克，枳壳5克，炙甘草5克，葛根15克，丹参10克，川芎5克，苍耳子5克，辛夷8克，石菖蒲8克。5剂。

高血压

四逆散加颈三药、石菖蒲。

柴胡10克，白芍25克，枳壳10克，生甘草5克，葛根50克，丹参30克，川芎10克，石菖蒲5克。5剂。

手指受伤

四逆散加颈三药、桂枝。

柴胡5克，白芍20克，枳壳10克，炙甘草5克，葛根20克，丹参20克，川芎5克，桂枝10克。7剂。

唇黑症

四逆散加颈三药、石菖蒲。

柴胡5克，白芍10克，枳壳10克，炙甘草5克，葛根25克，丹参20克，川芎5克，石菖蒲5克。5剂。

口干症

四逆散加颈三药、枸杞子。

柴胡5克，白芍10克，枳壳10克，炙甘草5克，葛根20克，丹参20克，川芎5克，枸杞子20克。5剂。

面痒

四逆散加颈三药、石菖蒲。

柴胡5克，白芍20克，枳壳10克，炙甘草5克，葛根20克，丹参20克，川芎5克，石菖蒲10克。5剂。

面肿

四逆散颈三药加黄芪、党参。

柴胡5克，白芍10克，枳壳10克，炙甘草5克，葛根10克，丹参10克，川芎5克，黄芪30克，党参20克。5剂。

黑眼圈

四逆散加颈三药、石菖蒲。

柴胡5克，白芍10克，枳壳10克，炙甘草5克，葛根15克，丹参10克，川芎5克，石菖蒲5克。5剂。

手指痛麻

四逆散颈三药、桂枝。

柴胡5克，白芍10克，枳壳10克，炙甘草5克，葛根30克，丹参20克，川芎10克，桂枝5克。5剂。

汗斑

四逆散加颈三药、石菖蒲。

柴胡5克，白芍10克，枳壳10克，炙甘草5克，葛根30克，丹参30克，川芎5克，石菖蒲10克。5剂。

眼跳症

开四逆散加颈三药、防风。

柴胡5克，白芍10克，枳壳10克，炙甘草5克，葛根15克，丹参10克，川芎5克，防风10克。3剂。

周身酸痛

四逆散加颈三药、枸杞子。

柴胡5克，白芍10克，枳壳10克，炙甘草5克，葛根15克，丹参10克，川芎5克，枸杞子20克。3剂。

失眠

四逆散加颈三药、石菖蒲。

柴胡5克，白芍10克，枳壳10克，炙甘草5克，葛根15克，丹参10克，川芎5克，石菖蒲10克。3剂。

胸胁肿痛

四逆散加颈三药和橘叶。

柴胡5克，白芍10克，枳壳10克，炙甘草5克，葛根15克，丹参10克，川芎5克，橘叶10克。3剂。

胃痛

四逆散加颈三药、延胡索、川楝子。

柴胡5克，白芍10克，枳壳10克，炙甘草5克，葛根15克，丹参10克，川芎5克，延胡索10克，川楝子5克。3剂。

夜盲

四逆散加颈三药和黄芪、枸杞子。

柴胡5克，白芍10克，枳壳10克，炙甘草5克，葛根15克，丹参10克，川芎5克，黄芪30克，枸杞子20克。5剂。

脑热手凉

四逆散加颈三药、胸三药。

柴胡 5 克，白芍 10 克，枳壳 10 克，炙甘草 5 克，葛根 10 克，丹参 10 克，川芎 5 克，桔梗 5 克，木香 5 克。3 剂。

胆囊炎

四逆散加颈三药、颠倒木金丸。

柴胡 5 克，白芍 10 克，枳壳 10 克，炙甘草 5 克，葛根 15 克，丹参 10 克，川芎 5 克，木香 10 克，郁金 10 克。3 剂。

背痛

四逆散加颈三药、背三药。

柴胡 5 克，白芍 20 克，枳壳 10 克，炙甘草 5 克，葛根 15 克，丹参 10 克，川芎 5 克，羌活 5 克，姜黄 5 克，威灵仙 5 克。3 剂。

脚痛

四逆散加颈三药、腰三药。

柴胡 5 克，白芍 10 克，枳壳 10 克，炙甘草 5 克，葛根 15 克，丹参 10 克，川芎 5 克，杜仲 5 克，枸杞子 10 克，巴戟天 10 克。3 剂。

心慌胸闷

四逆散加颈三药、胸三药。

柴胡 5 克，白芍 10 克，枳壳 10 克，炙甘草 5 克，葛根 15 克，丹参 10 克，川芎 5 克，桔梗 5 克，木香 5 克。5 剂。

饱食失眠

四逆散加颈三药、胸三药。

柴胡 5 克，白芍 10 克，枳壳 10 克，炙甘草 5 克，葛根 15 克，丹参 10 克，川芎 5 克，桔梗 5 克，木香 5 克。3 剂。

咳嗽

四逆散加颈三药、胸三药。

柴胡 5 克，白芍 10 克，枳壳 10 克，炙甘草 5 克，葛根 15 克，丹参 10 克，川芎 5 克，桔梗 5 克，木香 5 克。3 剂。

脚肿

四逆散加颈三药、黄芪、益母草。

柴胡 5 克，白芍 10 克，枳壳 10 克，炙甘草 5 克，葛根 15 克，丹参 10 克，川芎 5 克，黄芪 50 克，益母草 15 克。3 剂。

抽筋

四逆散加颈三药加淫羊藿、小伸筋草。

柴胡 5 克，白芍 10 克，枳壳 10 克，炙甘草 5 克，葛根 15 克，丹参 10 克，川芎 5 克，淫羊藿 30 克，小伸筋草 15 克。3 剂。

腰酸背痛

四逆散加颈三药、腰三药。

柴胡 5 克，白芍 10 克，枳壳 10 克，炙甘草 5 克，葛根 15 克，丹参 10 克，川芎 5 克，杜仲 20 克，枸杞子 15 克，巴戟天 10 克。3 剂。

抑郁轻生

四逆散加颈三药、党参、黄芪。

柴胡 5 克，白芍 10 克，枳壳 10 克，炙甘草 5 克，葛根 25 克，丹参 20 克，川芎 5 克，党参 20 克，黄芪 50 克。7 剂。

尿频

四逆散加颈三药、牛大力、金樱子。

柴胡5克，白芍10克，枳壳10克，炙甘草5克，葛根15克，丹参10克，川芎5克，牛大力20克，金樱子10克。3剂。

情绪胃

四逆散加颈三药、胸三药。

柴胡5克，白芍10克，枳壳10克，炙甘草5克，葛根15克，丹参10克，川芎5克，桔梗5克，木香5克。3剂。

胃胀痛

四逆散加颈三药、胸三药。

柴胡5克，白芍10克，枳壳10克，炙甘草5克，葛根15克，丹参10克，川芎5克，桔梗5克，木香5克。3剂。

厌食

四逆散加颈三药、焦三仙。

柴胡5克，白芍10克，枳壳10克，炙甘草5克，葛根15克，丹参10克，川芎5克，炒神曲20克，炒麦芽20克，炒山楂20克。5剂。

严重颈椎病

四逆散加颈三药、腰三药。

柴胡5克，白芍10克，枳壳10克，炙甘草5克，葛根30克，丹参20克，川芎5克，杜仲15克，枸杞子15克，巴戟天10克。5剂。

颈僵反酸

四逆散加颈三药、石菖蒲、郁金。

柴胡5克，白芍10克，枳壳10克，炙甘草5克，葛根

30克，丹参20克，川芎5克，石菖蒲5克，郁金5克。5剂。

胆心病

四逆散加颈三药、胸三药。

柴胡5克，白芍10克，枳壳10克，炙甘草5克，葛根15克，丹参10克，川芎5克，桔梗5克，木香5克。5剂。

腹胀

四逆散加颈三药、腹三药。

柴胡5克，白芍10克，枳壳10克，炙甘草5克，葛根15克，丹参10克，川芎5克，小茴香5克，厚朴5克，苍术5克。3剂。

严重失眠

四逆散加颈三药、胸三药。

柴胡5克，白芍10克，枳壳10克，炙甘草5克，葛根15克，丹参10克，川芎5克，桔梗5克，木香5克。5剂。

肝癌

四逆散加颈三药、四君子汤。

柴胡5克，白芍10克，枳壳10克，炙甘草5克，葛根15克，丹参10克，川芎5克，党参5克，白术10克，茯苓10克。5剂。

压抑

四逆散加颈三药、背三药。

柴胡5克，白芍10克，枳壳10克，炙甘草5克，葛根15克，丹参10克，川芎5克，羌活5克，姜黄5克，威灵仙5克。3剂。

小儿多动

四逆散加颈三药、焦三仙。

柴胡5克，白芍10克，枳壳5克，炙甘草5克，葛根15克，丹参10克，川芎3克，炒神曲5克，炒麦芽5克，炒山楂5克。5剂。

顽固失眠

四逆散加颈三药、胸三药。

柴胡5克，白芍10克，枳壳10克，炙甘草5克，葛根15克，丹参10克，川芎5克，桔梗5克，木香5克。3剂。

奇难胃痛

四逆散加胸三药、肝三药。

柴胡5克，白芍10克，枳壳10克，炙甘草5克，桔梗5克，木香5克，香附5克，郁金5克。5剂。

糜烂性胃炎

四逆散加香附、川芎、陈皮。

柴胡5克，白芍10克，枳壳10克，炙甘草5克，香附5克，川芎5克，陈皮5克。3剂。

顽固背痛

四逆散加颈三药、背三药。

柴胡5克，白芍10克，枳壳10克，炙甘草5克，葛根25克，丹参20克，川芎5克，羌活5克，姜黄5克，威灵仙5克。5剂。

失眠健忘

四逆散合颈三药。

柴胡5克，白芍10克，枳壳10克，炙甘草5克，葛根15克，丹参10克，川芎5克。5剂。

食积咳嗽

四逆散加四君子、胸三药。

柴胡5克，白芍5克，枳壳5克，炙甘草3克，党参5克，白术5克，茯苓5克。

眼花

四逆散加枸杞子、菊花。

柴胡5克，白芍5克，枳壳5克，炙甘草3克，枸杞子15克，菊花5克。7剂。

反复头痛

四逆散颈三药加四君子汤。

柴胡5克，白芍10克，枳壳10克，炙甘草5克，葛根15克，丹参10克，川芎5克，党参5克，白术10克，茯苓10克。5剂。

长期失眠

四逆散加颠倒木金丸、丹参、石菖蒲。

柴胡5克，白芍10克，枳壳10克，炙甘草5克，木香5克，郁金5克，丹参10克，石菖蒲5克。3剂。

中风后失音

用四逆散行气，二陈汤刮痰，颈三药通督背膀胱经。

柴胡5克，白芍10克，枳壳10克，炙甘草5克，陈皮5克，法半夏10克，茯苓10克，葛根15克，丹参10克，川芎5克。5剂。

高血压

方1：四逆散加颈三药、石菖蒲。

柴胡5克，白芍10克，枳壳10克，炙甘草5克，葛根15克，丹参10克，川芎5克，石菖蒲5克。5剂。

方2：四逆散加胸三药、杏仁、厚朴、丹参、石菖蒲。

柴胡5克，白芍10克，枳壳10克，炙甘草5克，桔梗5克，木香5克，杏仁5克，丹参5克，石菖蒲5克。3剂。

头痛鼻炎

四逆散颈三药、黄芪、党参。

柴胡5克，白芍10克，枳壳10克，炙甘草5克，葛根15克，丹参10克，川芎5克，黄芪30克，党参20克。5剂。

感冒后遗症

四逆散加颈三药、玉屏风散。

柴胡5克，白芍10克，枳壳10克，炙甘草5克，葛根15克，丹参10克，川芎5克，黄芪30克，防风5克，白术5克。3剂。

高血压脚痛

四逆散加陈皮。

柴胡5克，白芍10克，枳壳10克，炙甘草5克，陈皮8克。5剂。

慢性支气管炎

四逆散加四君子汤。

柴胡5克，白芍5克，枳壳5克，炙甘草3克，党参5克，白术5克，茯苓5克。3剂。

皮肤瘙痒

四逆散加丹参、石菖蒲。

柴胡5克，白芍10克，枳壳10克，炙甘草5克，丹参30克，石菖蒲10克。5剂。

痛风脚肿

四逆散四妙散加土茯苓、威灵仙。

柴胡5克，白芍20克，枳壳10克，炙甘草5克，苍术8克，黄柏8克，川牛膝15克，薏苡仁30克，土茯苓50克，威灵仙15克。5剂。

呃逆

四逆散加黄连、紫苏叶、竹茹、芦根。

柴胡5克，白芍10克，枳壳10克，炙甘草5克，黄连2克，紫苏叶3克，竹茹10克，芦根20克。3剂。

毁容的青春痘

四逆散加焦三仙、丹参、石菖蒲。

柴胡5克，白芍10克，枳壳10克，炙甘草5克，炒山楂10克，炒麦芽20克，炒神曲10克，丹参30克，石菖蒲10克。7剂。

食积面斑

四逆散加焦三仙。

柴胡5克，白芍5克，枳壳5克，炙甘草5克，炒山楂10克，炒神曲10克，炒麦芽10克。3剂。

饮冷咳嗽

四逆散加四君子汤。

柴胡5克，白芍5克，枳壳5克，炙甘草5克，党参5克，白术5克，茯苓5克。3剂。

乱吃肚痛

四逆散合四君子。

柴胡5克，白芍5克，枳壳5克，炙甘草5克，党参5克，白术5克，茯苓5克。3剂。

支气管炎

四逆散胸三药、丹参、石菖蒲，柴胡5克，白芍10克，枳壳10克，炙甘草5克，桔梗5克，木香5克，丹参10克，石菖蒲5克。3剂。

痰咳

四逆散加胸三药、二陈汤。

柴胡5克，白芍10克，枳壳10克，炙甘草5克，桔梗5克，木香5克，法夏10克，陈皮5克，茯苓10克。3剂。

胃痛

四逆散加胸三药、焦三仙。

柴胡5克，白芍10克，枳壳10克，炙甘草5克，桔梗5克，木香5克，炒山楂10克，炒麦芽10克，炒神曲10克。3剂。

心肌炎

四逆散加丹参、石菖蒲、黄芪、党参。

柴胡5克，白芍10克，枳壳10克，炙甘草5克，丹参20克，石菖蒲5克，黄芪30克，党参10克。3剂。

头晕失眠

四逆散加颈三药。

柴胡5克，白芍10克，枳壳10克，炙甘草5克，葛根15克，丹参10克，川芎5克。3剂。

血糖血脂高

四逆散加焦三仙。

柴胡5克，白芍10克，枳壳10克，炙甘草5克，炒山楂20克，炒麦芽20克，炒神曲10克。7剂。

高血糖

四逆散加焦三仙。

柴胡5克，白芍10克，枳壳10克，炙甘草5克，炒山楂20克，炒麦芽20克，炒神曲20克。7剂。

口腔溃疡

四逆散加丹参、石菖蒲。

柴胡5克，白芍10克，枳壳10克，炙甘草5克，丹参30克，石菖蒲10克。5剂。

胆结石胁痛

四逆散加胸三药、石菖蒲、郁金、丹参。

柴胡5克，白芍10克，枳壳10克，炙甘草5克，桔梗5克，木香5克，石菖蒲5克，郁金5克，丹参10克。5剂。

富贵病

四逆散颈三药加焦三仙。

柴胡5克，白芍10克，枳壳10克，炙甘草，葛根15克，丹参10克，川芎5克，炒山楂20克，炒麦芽20克，炒神曲20克。7剂。

眼疾

四逆散加眼三药、枸杞子。

柴胡5克，白芍10克，枳壳10克，炙甘草5克，夏枯草15克，桑叶10克，菊花5克，枸杞子15克。3剂。

腰痛

四逆散加腰三药。

柴胡5克，白芍20克，枳壳10克，炙甘草5克，杜仲20克，枸杞子20克，巴戟天20克。5剂。

膝关节炎

四逆散加膝三药、枸杞子、菊花。

柴胡5克，白芍10克，枳壳10克，炙甘草5克，牛膝10克，熟地黄10克，当归10克，枸杞子15克，菊花5克。5剂。

胸闷心痛

四逆散加颈三药、延胡索。

柴胡5克，白芍10克，枳壳10克，炙甘草5克，葛根15克，丹参10克，川芎5克，延胡索10克。3剂。

脚跟刺痛

四逆散加四妙散、丹参、石菖蒲。

柴胡5克，白芍20克，枳壳10克，炙甘草5克，苍术10克，黄柏5克，薏苡仁30克，川牛膝10克，丹参30克，石菖蒲5克。5剂。

老人尿床

久卧成郁用四逆散。

久卧伤气用四君子。

同时尿频失禁乃肾司二便功能退化，用黄芪、牛大力、金樱子。

柴胡5克，白芍10克，枳壳10克，炙甘草5克，党参15克，炒白术10克，茯苓10克，黄芪30克，牛大力20克，金樱子10克。5剂。

肚子痛

四逆散，解开心胸部牵挂忧愁，腹三药理顺其肠道忧愁百结。

柴胡5克，白芍10克，枳壳10克，炙甘草5克，小茴香10克，厚朴10克，苍术5克。3剂。

风火眼疾

四逆散加两组眼三药。

柴胡5克，白芍15克，枳壳10克，炙甘草5克，夏枯草15克，桑叶10克，菊花5克，蒲公英30克，蒺藜10克，木贼10克。2剂。

风火牙痛

四逆散加大黄、薄荷、白芷。

柴胡5克，白芍10克，枳壳10克，炙甘草5克，大黄15克，薄荷8克，白芷8克。2剂。

面黄短气

四逆散加颈三药、黄芪、党参、当归。

柴胡5克，白芍10克，枳壳10克，炙甘草5克，葛根15克，丹参10克，川芎5克，黄芪30克，党参20克，当归8克。3剂。

腰骨弯痛

四逆散合六味地黄丸。

肩背劳伤

四逆散加背三药、党参、黄芪。

柴胡5克，白芍10克，枳壳10克，炙甘草5克，羌活5克，姜黄5克，威灵仙5克，党参20克，黄芪30克。5剂。

肝郁面斑

四逆散加颈三药、桃仁、红花。

柴胡5克，白芍10克，枳壳10克，炙甘草5克，葛根15克，丹参10克，川芎5克，桃仁8克，红花5克。3剂。

赘疣

四逆散加四君子汤、陈皮、丹参、石菖蒲。

柴胡5克，白芍10克，枳壳10克，炙甘草5克，党参5克，白术10克，茯苓10克，陈皮5克，丹参30克，石菖蒲5克。5剂。

口浊

四逆散加脾三药、颠倒木金丸。

柴胡5克，白芍10克，枳壳10克，炙甘草5克，藿香5克，苍术5克，石菖蒲5克，木香5克，郁金5克。3剂。

浑身酸痛

四逆散加胸三药、黄芪、党参。

柴胡5克，白芍10克，枳壳10克，炙甘草5克，桔梗5克，木香5克，黄芪30克，党参15克。3剂。

精彩回顾

1. 对准靶心，子弹不需多。对准病症，方药也不需多。

2. 心态好，病魔跑。

3. 改变从不抱怨开始。

4. 世界上没有难治的偏头痛，只有难以改变的臭脾气。

5. 因为有源源不断地抱怨顶撞，人的头顶经脉才会扭曲不通、剧烈疼痛。

6. 兵无向导不达贼境，药非引使不到病所。如果不是巧妙使用引药，你好难精准打击，直捣黄龙，拔除病灶。就像导弹一样需要导航系统。

7. 疏其气血，令其条达，乃至和平。

8. 沉迷手机，制造了大量低头一族，颈椎的压迫，导致眼耳鼻子供血减少，这些五官功能就会障碍。

9. 如果研透人体经脉走向，你就明白疏通颈部经络，对人体五官七窍的康复多么重要。

10. 盐巴虽少，可以咸菜。真对症的药物，在精不在多。

11. 中国几千年来都是吃白米馒头面条，最普通的就是最好的。

12. 人郁闷了，就没力，一高兴手脚都是劲。

13. 要借药修炼，否则吃药不练功，白吃一场空。

14. 气血条达，百病难生，一有郁闷，赶紧拉筋。

15. 亏了钱不一定失败，如果你亏了笑脸，真叫一败涂地，这辈子休想东山再起。

16. 蜗牛角上争何事，电光火石穿此身。且富且贵宜观身，不开口笑是痴人。

17. 相貌是心造的，心扭曲了，相貌就会皱，心抚顺了自然相好庄严。人对是非成败看淡一点，心就舒坦一点，命就好一点。

18. 盲目地把身体交给医生和药物，却不懂得去导引练功的人，世界上再也没有比这更荒唐的事。

19. 用药治疗占三分，七分练功靠自身。缺乏练功的汤药医生，就像鸟缺一翅，车缺一轮那样辛苦。

20. 改变人生活命运的不是医生、药物，而是百折不挠的勇气，才有万种千般的奇迹。

21. 不管是中医西医，都认为睡眠能造血，深度睡眠更能造强大的气血。所以睡眠是免疫力的第一道防线，睡眠以放松为深沉。

22. 讲话慢点，人一急就动火，一动火就伤水。现在那么多口干舌燥咽炎的患者，根源就是急性子。

23. 气得面红脖子粗，浊阴上攻皮肤痒。

24. 天底下并没有难治的瘙痒，只有难以调伏的脾气。

25. 面对再疑难的顽疾，我们照样用平常行气活血的方法，这样气足血通，肿胀自消。

26. 小病不治，大病之母。小洞不补，大洞一尺五。擅长于见微知著，治病于萌芽的医生是最高明的。

27. 视必垂帘，息必归田。食必淡节，卧必虚恬。

28. 善消防者，必定第一时间把火灭掉。善耕地者，必定不会让杂草长高。善医病者，在小问题出现时就已经下手了。

29. 病非人体固有之物，能得亦能除，言不可治者，未得其术也。

30. 掌握窍门，难的变容易，没掌握窍门，容易的变难。

31. 敌人再怎么变化，太极还是原来的太极，这叫以不变应万变。

32. 眼疾是替罪羔羊，沉迷手机才是罪魁祸首。你不过度用眼，怎么会有难治的眼病。我们的灵眸双眼，需要的不是药物，而是休息。

33. 心定了就不叫乱，心乱了就不叫定。走三家，不如定一家。

34. 信为道源功德母，长养一切诸善根。

35. 人生本逍遥，不为病烦恼。

36. 少坐多走，坐死的肌肉，走活的血脉。

37. 人强壮了，病就显得弱小。人弱小了，病就显得强大。

38. 军人最糟糕的不是牺牲，而是投降被俘。患者最糟糕的不是绝症恶疾，而是自我放弃。

39. 天底下最上等的命运，都掌握在那些不抱怨者手心。

40. 一个抱怨外环境的人，所有的好事都会变得糟糕。一个努力提升自身修为的人，所有的糟糕都将变为好事。

41. 一个人只要不背负太多的压力，他的背伤就很容易治愈。

42. 穴在人心不在山。不敬祖辈，风水无益。

43. 心量大了，事就小了。心量小了，事就大了。

44. 即使遭遇太差，照样笑对人生。

45. 一个人真的胸中大气一转，他的能量永远超乎他的想象。

46. 错误的知见和养生误区比无知跟病痛更可怕。

47. 明理少疾病，你要是真明白饱食则神昏，饱食则害命的道理，即使美味当前，你也能克制。

48. 少荤多素，坚持徒步，遇事不怒。

49. 世上无神奇之药，只有平凡之药，平凡之药，用到极处就是神奇。

50. 中医最缺的那一点核心，不在外面，而在医子的心间。那就是敢担当的情怀。服从是军人天职，而担当却是医生的美德。

51. 你若站在大义上，民众的拥护都会让你的医技医术如有神助。

52. 一个不愿付出、奉献、服务大众的人，是不可能有什么惊人转变的。

53. 只要你敢发心，敢义诊，为你而来的患者就会络绎不绝，你的群众基础会像泰山北斗那么厚。

54. 你们的书没读到家，不知世上无难事，只怕有心人。不是没有机会，是你没用心。

55. 阎王好办，小鬼难缠。那些宽和的人，有病易治。斤斤计较、两两过秤的小鬼头，心态难治。

56. 心平气和，可卜孙荣兼子贵。才偏性执，不遭大祸必奇穷。

57. 脾好治，气好治，脾气不好治。脾气大，身体差。心态好，病魔跑。

58. 木克土，胃发堵，营养不化变湿毒。

59. 那些速食、暴饮暴食、狼吞虎咽的人，脾胃功能大多乱七八糟，一塌糊涂。

60. 一个人没有恶劣习气，疾病在身体就没有立足之地。苍蝇不叮无缝蛋，是你让病邪有机可乘。

61. 当代的生病，最常见的五大根源，十五个字就讲完了。一是吃太饱，二是动太少，三是爱吵闹，四是不睡觉，五是滥用药。

62. 懒动才常有病，懒乃万病之源。

63. 贪名必死，好利必亡。虾子永远不知道当它大红之日，正是它大悲之时。

64. 养胃五点：少点，慢点，淡点，软点，暖点。

65. 没钱时想到以前更苦的日子，知足常乐；有钱后多利他布施，独乐乐，不如与众乐乐。

66. 动一动，少生一病痛，懒一懒，多喝药一碗。人生在世，活动活动，要活就要动。

67. 扁鹊有个非常出名的六不治，其中有一条是轻生重财者不治。

68. 不是癌症、心梗可怕，对身体轻视，不去呵护，才是最可怕的。

69. 睡觉也是一门学问和功夫，要去练习，不是累了困了才去睡，而是时间到了就要去睡。

70. 自是不归归便得，故乡风月有谁争。

71. 我们这个时代，久坐不动是各类慢性病滋生的根源，因为久坐会助长懒性、惰性，增加湿气，闭结气脉，增加郁结。

72. 早寝以当富，无事以当贵，安步以当车，晚食以当肉。

73. 火郁发之，热宜清之，燥宜润之。

74. 肾精亏，眼睛会黯淡无光，这叫油不济火。

75. 人一忧虑，肠道就打了一百个结，一牵挂，气机就像衣服挂在树上不能下。所以，牵挂、思虑、忧愁多的人，消化系统都非常差。

76. 一个最厉害的管理者，他不是拼命去解决、处理问题，而是让很多问题根本不发生。

77. 那些健康长寿的人，都有一些共同特点，那就是即便碰到这些小问题也会很重视，并积极对治。

78. 一息阳气一息命，一息寒气一息病。

79. 一分钱的预防，顶得上一千块钱的治疗。

80. 心刚百病起，念柔万邪息。

81. 畏寒时欲夏，苦热复思冬。妄想能消灭，安身处处同。草食胜空腹，茅堂过露居。人生解知足，烦恼一时除。

82. 人只要淡泊寡欲，他就能创造出意想不到的奇迹。

83. 坐如钟石不动，行如水平不流，上贵之相也。

84. 愚者怪境缘，智者责内心。

85. 死亡五大因素。一贪嘴，二懒动，三睡眠差，四脾气大，五环境污染重。

86. 花开花谢，时去时来。福方慰眼，祸已成胎。得何足慕，失何足哀。得失在彼，任凭天裁。

87. 我觉得做人，要在因上努力，在果上随缘。就像古人讲的，但问耕耘，不问收获。

88. 浮躁的三大幕后原因。一是零食，二是手机，三是电视。

89. 患者肯练功，医生很轻松。

90. 柔和者，有无限生机，刚强者死路一条。

91. 唯天下之至拙，可破天下之至巧。往往最笨的方法，就是最好的方法。

92. 关注疾病，不如关注健康。

93. 夜饭莫叫饱，定能至高寿。

94. 残害孩子的五大杀手：吃太饱，动太少，太吵闹，不睡觉，滥吃药。

95. 与其焦虑地担忧疾病，不如迅速地建立健康的生活方式。

不是路上荆棘多，而是你不敢去走。

96. 孩子之所以会沉迷手机，是因为他没有远大志向。

97. 一觉闲眠百病消。

98. 常言道，自静其心延寿命，无求于物长精神。

99. 当一个人能重新获得生机，他会更加珍惜当下的生命，他才会觉悟，每天的锻炼和饮食有节、心态宽和多么重要。

100. 疑难杂病不要仅在药物上死较劲，要从养生上找出路。